KB088639

맨발의 겐 10

역자 **김송이**

1946년 일본 오사카에서 태어난 재일 한국인 2세. 중학교까지 일본 학교를 다니다가 고등학교와 대학교에서 민족교육을 받았다. 졸업 후 모교인 조선고등학교에서 1996년까지 교편을 잡았고, 현재 통역과 번역을 하면서 도오시샤대학을 비롯한 일본 학교에서 강사로 일한다.

역자 **익선**

경주에서 자라 원광대학교 원불교학과에 입학했다. 원불교 교무로 활동하다가 교토 불교대학 박사 과정에 입학, 동아시아 불교의 정체성에 대해 연구했다.

맨발의 겐 10

나카자와 케이지 지음 · 김송이, 익선 옮김

1판 1쇄 펴낸날 2002년 7월 27일 | **1판 17쇄 펴낸날** 2022년 1월 17일 | **펴낸이** 이충호 조경숙 | **펴낸곳** 길벗어린이(주)
등록번호 제10-1227호 | **등록일자** 1995년 11월 6일 | **주소** 04000 서울시 마포구 월드컵북로 45 에스디타워비엔씨 2F
대표전화 02-6353-3700 | **팩스** 02-6353-3702 | **홈페이지** www.gilbutkid.co.kr
편집 송지현 임하나 이현성 황설경 김지원 | **디자인** 김연수 송윤정
마케팅 호종민 김서연 황혜민 이가윤 강경선 | **총무·제작** 최유리 임희영 박새별 이승윤
ISBN 978-89-5582-515-2 04830, 978-89-5582-507-7(세트)

맨발의 겐 10

나카자와 케이지 글 · 그림

김송이 · 익선 옮김

아름드리미디어

1953년 3월

에헤 헤헤.

씽긋

헹~

히히히

야— 나카오카 아냐?

무슨 일이 있기에 싱글 벙글하고 있냐?

4

와아— 오오따 선생님께서 여기 계신 줄은 몰랐네요.

여길 빌려서 학원을 시작했어. 학생 수는 아직 열 명도 안 되지만.

그럼 여기가 선생님의 학교군요!

겐, 넌 아주 멋쟁이가 됐구나.

끄아하하하, 쑥스럽네요. 이 스타일이 어울리나 볼려고 유리창에 비춰 보았던 건데…

이 옷은 오늘 졸업을 축하한다고 가추코가 만들어줬어요…

그래? 오늘이 파천중학교 졸업하는 날이구나?

벌써 겐이 중학교를 졸업할 때가 됐구나…

선생님께선 여전히 건강해 보이시네요.

그래, 고맙다. 정말로 배우고 싶은 학생들만 오니깐 보람도 있고, 가르치는 것도 즐겁단다.

몰두할 수 있는 일이 있다는 건 좋은 거야.

저도 학교를 잘 안 다녔어요. 간판회사에 취직해서 그림 공부를 하고 있어요.

하고 싶은 일을 하니까 시간 가는 줄도 모르고 해요…

그래, 어떤 것이든 좋아서 해야 발전도 빠르지.

하여튼 졸업장을 받으러 오라고 해서

오랜만에 학교 가는 길이에요.

그럼, 학교에서 배우는 것만이 공부가 아니니까.

아무리 유명한 대학을 들어갔다 해도 마라톤에 견주어 보면, 그건 아직 출발선에도 서지 못한 거야.

학교란 사회에 나가기 전의 준비 체조에 불과해.

유명한 학교에 입학한 걸 성공인 줄 알고 오해하는 얼간이들이 많지만…

진짜 출발은 사회에 나가면서 시작하는 거야. 자기가 택한 길을 따라 얼마나 충실히 살아가느냐 하는 걸로 인생마라톤의 승부는 결정돼.

겐, 학력 따위는 신경 쓸 거 없어.

네.

희망

너도 이제 사회인이군.

축하해, 겐, 이제부터 잘해야 해!

네, 고맙습니다.

그래, 그러면 사회인이 된 걸 축하해줘야겠는데, 뭐가 좋은지 말해봐.

무슨 말씀을, 신경 쓰지 마세요.

선생님 생활도 넉넉하지 못하잖아요.

인석아, 모르는 소리 마. 내가 얼마나 잘산다고.

히히히, 학생 열 명 갖고 넉넉할 리가 없잖아요.

후후후, 못 숨기겠구만…

감사드려요, 선생님 마음만으로도 충분해요.

그래.

그럼 다녀올게요—

겐—만세—만세—

7

보여주자 단련된 우리 기량을~

이겨라, 이겨라, 카—프. 이겨라, 이겨라, 카—프 ♪

카—프, 카—프, 우리의 카—프. ♪

여러부—운 오랫동안 기다리셨습니다—아.

작년에 카—프는 우승을 놓쳤습니다. 너무 원통해서 눈물이 주룩 주룩 하염없이 흘렀습니다. 그렇습니다. 그게 당연지사입니다.

올해는 그 어떤 일이 있어도 우승해야 합니다.

저 곤도 류타는 이번에는 꼭 그렇게 되도록 할 작정입니다.

돈이 없는 카—프 구단이 너무 불쌍하고— 이시모토 감독의 고생을 생각하니 눈물이 앞을 가립니다. 훌쩍.

선수들은 삼등칸 통로에서 자면서 각 지역의 야구장으로 원정을 갑니다. 아아, 이 얼마나 슬픈 일입니까!

여러분 다 같이 목놓아 울어봅시다.

자아, 여러분 우세요—

바보가 따로 없군.

최근 우리 일본 정국을 보면, 1952년 4월 28일 대일평화조약과 일미안전 보장조약으로 일본이 자주독립국이 되어 세계로 나아갈 수 있게 되었으니, 심히 이것은 심히 반가운 일이라 아니할 수 없습니다…

게다가 8월 6일자 〈아사히 그래프〉가 최초로 히로시마의 원폭 피해 사진을 특집으로 다뤄 일본 전체가 원폭의 충격을 비로소 알게 됐나이다―

그때까지는 미국 점령 하에서 우리 손으로 원폭의 참상을 발표하지도 못하고 히로시마에 사는 우리는 비참하고 억울하게 살아야만 했나이다. 아아, 너무 뒤늦은 감이 있습니다만…

하여튼 원폭을 용납할 수 없다며 평화의 귀중함을 토로한 것은 훌륭한 일이올시다.

하지만 좋은 일만 있었던 것은 아니올시다.

일본항공의 목성호가 미하라 산에 추락해서 37명의 귀중한 목숨을 잃었나이다.

노동절은 피로 물들었나이다. 육천 명의 시위대가 천황이 사는 궁으로 가다가 경찰과 충돌하여 2명이 사살됐나이다.

지난해, 국민은 생활고에 시달리고 암울한 한 해를 보냈습니다.

그리고 올해 53년을 맞이하였으니… 짜자자 자—안.

올해만큼은 좋은 해가 될 거라 생각했는데…

3월14일 요시다 수상이 "바보들아—" 하고 발언하는 바람에 중의원이 해산됐나이다.

정말 어처구니 없습니다. 최고 권위를 갖는 국회의 수준이 너무 낮으니 말입니다. 바보들아— 하고 외치고 싶은 건 바로 우리들이올시다. 세금을 헛되이 쓰지 마라, 바보 얼간이들아—

옳소! 옳소! 잘한다 잘한다

네네, 이런 사정으로 올해도 암담한 해가 될 것 같습니다.

그래서 어둡게 가라앉은 기분을 날려보내고 밝고 명랑하게 될 수 있는 비결을 가르쳐드리겠나이다.

히히히, 어때요? 알고 싶으시죠…?

짜자자 자──안.
바로 이게 비결
입니다.

빛나라~ 빛나라~
이 밤도 밝게
비추는 이 시대
최고의 별~

세계적인 디자이너 미스
앙드레 가추코가 만든 이
맵시 좋은 옷을 입으면
밝고 환해집니다~~

입어보면
기분이 둥실
둥실~ 두근
두근~

활짝 열린
문으로 행복
이여, 캄온,
캄온.

자아, 사세요~ 오늘은
열 벌밖에 없습니다아─
선착순으로 드립니다~

오늘은 여기서 첫
장사니까 특별세일로
딱 천원에 모시겠
습니다─

어머,
멋있네
요.

예쁘
네요~

참
좋아
요~

당연하죠. 세계
적인 디자이너가
디자인했으
니까요.

어느 백화점에
가도 구하기
힘들어요.

12

나한테 팔아요.

나도요.

나도 살래.

저도요.

크아하하, 너무 서둘지는 마세요. 자아, 차례로 말씀하세요.

119

헤헤— 감사합니다.

CARP

네네, 고맙습니다.

이야— 눈깜짝할 새에 다 팔렸네. 가추코 디자인이 좋아서 잘 팔려.

그래.

아저씨, 미안해요. 다 팔렸어요. 다시 올게 그때 사줘요.

13

돌아가세요.
돌아가요.

시끄럿.
가라면
다야?

119

아저씨, 왜
그렇게 화를
내세요?

젠장, 내가
화 안 나게
생겼어?

CARP

크아하하, 그래요, 그래.
옷을 못 사서 화가 나신
거군요?

참 안 됐네요.
아저씨 기분
알아요, 알아.

화 푸세요.
화 푸시고
스마일~
웃어요~

올해는 히로시마
카프를 꼭 우승시켜
야 하잖아요. 우거지
상을 하면 안 된단
말예요.

CARP

자아, 활짝 웃
으면~ 행복이~
컴온 컴온.

그만,
그만해,
이 바보
새꺄.

아아─악

119

이놈들아, 장사를
하려면 장소를 보고
해야 할 거 아냐!

장소가
어쨌다는
거죠?

14

15

그런데 너희하고 의논할 게 있어.

뭔데요? 난 좋은 얘기가 아니면 상대를 아예 안 하거든요.

실은 너희들이 팔던 옷이 마음에 들었거든.

어때? 몇 벌이 됐든 우리 가게에서 인수할 테니까 가져오지 않을래?

가격도 너희가 부르는 대로 주마.

예엣? 정말로요?

이야— 가추코가 기뻐하겠다—

가추코의 디자인이 인정받은 거잖아.

류타야, 우리도 이제는 길거리로 팔러 다니지 않아도 된다는 거야. 좋은 얘기야.

아저씨, 우릴 속이면 용서 안 해.

멍청한 놈, 내가 그런 사람으로 보이냐?

요새는 눈 깜짝할 새에 코 베어가는 세상이라서요.

멍청아, 그런 이상한 눈으로 보지 마.

좋아요, 결정했어요. 사나이끼리 한 약속 꼭 지키세요. 옷을 만드는 대로 갖다드릴게요.

비양양장점

CARP

오, 부탁 한다. 몽땅 가져오너라.

아저씨, 도망가지 마세요.

바보야, 이 빌딩을 들고 어떻게 달아나냐?

119

크아하하, 그래요, 그렇기도 하네요.

우린 갈게요—

119

주먹밥, 이대로만 가면 우리 양장점도 빨리 열 수 있겠네… 저금은 얼마나 됐어?

그래, 좀 보자.

CARP

짜자자자—안.

저금통장

류타, 60만원이 넘었어.

햐, 벌써 그렇게 됐어? 네가 경리를 잘 봤네, 대단해.

이제 슬슬 가게 설계도를 주문해도 되겠어…

주먹밥, 넌 진짜 훌륭해. 꼭 하느님 같아. 나무아미타불.

17

드디어 우리 가게를 만들어서 나도 주먹밥도 가추코도 사장이 되는 거야.

크아하하, 너무 기뻐— 희망의 구름이 뭉게뭉게 피어올라…

넌 올라가는 게 따로 있는 거 같은데?

시—끄러, 놀리지 마.

겐 형도 오늘 졸업하고 말야 기쁘잖아.

오늘같이 기쁜 날을 축하해야지. 한바탕 벌여서 실컷 먹고 취해보자.

넌 툭하면 이유를 갖다 붙여서 마실 궁리만 하는구나.

잔소리 마. 그게 내가 사는 보람이잖아.

이야앗— 좋았어, 봄부터 운이 따르고 있어—

이얏호—
이얏호—
이얏호—

바보야, 너무 폴짝거리지 마.

형— 빨리 돌아와— 막걸리랑 소주도 기다리고 있어—

이제부터 제5회 파천중학교 졸업식을 거행하겠습니다.

야— 빨리 해.

추워 죽겠으니까 빨리 해.

미적미적 시간 끌면 난동 부릴 테다~

저런...

에헴.

흐음.

조, 조용히 해.

쳇, 웃기지 맛. 똥개 새꺄.

똥모리, 저놈들은 누구야?

B반의 요꼬미찌 도오루야. 네가 학교 안 오는 동안에 저놈이 3학년에서 왕초가 됐어.

흐음, 요꼬미찌 도오루라… 그런 놈이 있었나?

넌 모를 거야. 소년원에 있다 왔으니까…

그러면 국가 기미가요*를 제창하겠습니나.

기미가요라니!

일동 기립—

그대들의 세상은~

그만해. 그만해.

헉.

*일본 국가로서 천황이 세상을 통치하는 것을 영예로 여기고 천황에게 평생을 바쳐 충성할 것을 맹세하는 노래.

어째서 기미가요를 부르는 거야? 난 못 불러.

아직도 천황을 찬양하는 노래를 부르다니! 난 천황은 질색이야.

왜 빌어먹을 놈의 천황을 찬양하는 노래를 불러야 하냔 말야?

천황은 전쟁 범죄자잖아.

너… 너 뭐 하는 거야? 겁도 없이 그런 소릴 지껄여?

시끄러, 천황이 무모하게 태평양 전쟁을 일으키는 데 도장을 찍어서 일본열도는 잿더미가 됐잖아.

이곳 히로시마나 나가사키는 원폭까지 맞아 삼백만이 넘는 시민들이 처절한 고통 속에서 죽어갔어.

그뿐이 아냐. 천황을 위한답시고 중국이나 조선 등 아시아 각국에서 삼천만이 넘는 사람들을 무참하게 죽였잖아.

21

사람의 목을 재미 삼아 자르거나

검술 연습으로 삼거나

임산부의 배를 갈라서 그 안에 있는 아기를 끄집어내거나

여성의 성기에다 술병을 찔러 넣고 어느 만큼 들어가느냐 본다며 골반을 깨서 죽이거나…

우리 일본이 모조리 죽이고 빼앗고 태워버리는 삼광작전*이란 걸 했다는 소리를 듣고 난 구역질이 났어. 상상을 초월한 그런 참혹한 짓을 했다는 사실에 수치스러워 죽고 싶은 심정이었다구!

수천만 사람의 목숨을 거리낌없이 빼앗는 걸 허용한 천황을 난 용서 못해.

그러고도 지금껏 전쟁 책임을 지지 않고 태연하게 사는 천황은 절대 용서 못한다구.

*三光作戰—중일전쟁 중에 일본군대가 중국 국민들에게 가한 잔인한 전술행위를 지칭하여 중국 측에서 붙인 말.

그런데 가미가요를 불러? 그깟 노래는 없애야 해! 기미가요 따위는 국가가 될 수 없어!

와우, A반 나카오카 겐, 말 잘한다— 우리도 응원할게.

계속 해라 해—

강당도 없이 이렇게 형편없는 졸업식을 해야 하는 것도

비까로 학교가 죄다 타버렸기 때문이잖아. 천황이란 놈이 전쟁을 하라고 해서 이렇게 된 거라구!

옳소, 옳소.

이-익, 겐, 또 저놈 이야. 상종 못할 놈.

교장선 생님, 어떻게 하죠?

여러분 모두 조용히 하세요. 자, 소란피우지 말고 앉으세 요.

인생에 한번밖에 없는 엄숙한 졸업식이니까 잘 해야죠.

암. 그렇 지.

시끄러워요. 교육자라고 뽐내지 마요!

옳소, 옳소.

조용히! 조용히! 조용히 해!

삐-익 삐-익 삐-익

계속 소란을 피우면 졸업장을 주지 않겠다!

흥, 누가 그런 종이쪼가리 받고 싶대?

그러게 말야.

교장선생, 이게 무슨 난리요?

아, 예, 오오부쿠로 현의회 의원님, 죄송합니다. 모처럼 축사하러 오셨는데 이런 꼴을 보여드려서…

기미가요를 부르지 않으면 안 되겠습니까?

그래, 기미가요 따위만 안 부르면 돼—

그따위 케케묵은 노래를 들으면 잠이 와.

일본 음악가들은 뭐 하는 거야? 즐겁고 활기 넘치는 그런 국가를 왜 만들지 못하는 거야? 진심에서 우러나오는 노래 말야~

일본은 새 헌법을 만들었잖아. 거기에 어울리는 국가를 만들면 모두들 좀 좋아하겠어? 안 그래?

옳소 옳소—

애들아, 우리 졸업식이니까 우리가 좋아하는 노래를 부르자.

좋아 그러자—

모두 잘했어— 경쾌한 합창이었어.

자아, 좀더 활기차게—

씨익

씨익

낡은 교복이여~ 안녕~ 슬픈 기억도 안녕~ 푸른 산맥, 두둥실 구름 위로 뛰어오르는 우리의 젊음~ 새들도 노래불러 환영하네~

흐음— 큰일이야…

교…교장선생님, 이제 한바탕 난리가 날 텐데… 이 일을 어쩌죠?

교장선생, 난 오늘처럼 형편없는 졸업식은 처음이야.

그래요, 어떻게 이런 일이 있을 수 있죠?

도저히 용납할 수가 없어요. 학생들이 제멋대로 졸업식을 진행하다니요.

특히 그 나카오카 겐이란 놈은 대체 어떤 놈이야!

무례하게도 천황폐하께 말이야.

전쟁범죄자라니, 될 법이나 하냐구!

아아~ 끔찍한 일이야.

당신, 어떻게 교육했기에 그래? 부끄러운 줄 알아!

우리 민족의 대일본제국은 폐하가 계셔야만 번영할 수 있는 거야.

천황폐하의 권위를 깎아내리는 놈들이 늘어나면 대일본제국은 망하게 된단 말야.

이게 얼마나 한심스러운 일이냐구!

난 졸업생들에게 천황폐하의 은혜를 똑똑히 알리기 위해 삼일씩 밤을 새워가며 졸업축사를 썼어. 근데 한마디도 못하다니!

당신이 내 노고를 알기나 해? 일본의 미래를 우려하는 내 마음을 말야.

네… 너무 죄송합니다.

......
......

죄송하다는 말이면 다 되는 줄 알아!

오오부쿠로 씨, 좀 실례이지만 시대에 뒤떨어진 당신의 축사는 차라리 안 하는 게 다행이었던 거 같습니다.

뭐, 뭐라구!

다, 당신, 그 개새끼와 한 패가 돼서 천황폐하를 우롱하는 거야, 뭐야?

나카오카 겐의 말이 옳아요. 난 학부모로서 오늘 졸업식에 참석하길 잘했다고 생각했습니다.

당신은 비국민이자 매국노야! 용서 못해.

시끄러워요, 러일전쟁의 용사라고 우쭐거리는

당신 같은 재향 군인회 늙다리들을 보면 정말 울화가 터져요.

당신네들이 천황을 이용해서 전쟁을 일으키고 젊은이들을 선동해서 전쟁터로 몰아내지 않았습니까?

당신네 같은 노인 때문에 미래가 창창한 젊은이들이 전쟁터로 동원돼서 얼마나 많이 희생됐습니까? 이런 사실에 대해 단 한번이라도 반성한 적이 있습니까?

나도 일전짜리 엽서 한 장으로 군대에 소집이 돼서 갖은 고생을 하다 왔어요.

생각하기만 해도 진저리가 나!

입 닥쳐.

말이 아직 길들여지지 않았다고 해서 얼마나 맞았는지 거의 죽을 뻔했어. 군대는 진짜 지옥이야. 그런 야만적이고 공포스러운 데가 세상 천지에 또 있는 줄 알아?

사람은 엽서 한 장만 보내면 얼마든지 새로 불러와서 보충할 수 있어.

하지만 말은 우리 부대에 한 마리밖에 없어! 네놈들은 말보다도 못하단 말야. 말 오줌이나 처먹고 용서를 빌어.

너무 억울해서 바른 말이라도 하면…

이 자식, 상관한테 감히 반항하는 거냐!

상관의 명령은 황송하옵게도 대일본제국 육해군 원수 천황폐하의 명령이란 말야.

이런 배은망덕한 놈!

네놈이 신성하기 이를 데 없는 천황폐하께 말대꾸를 한단 말야?!

천황폐하의 군대한테 말대꾸를 하고 무사할 줄 알아?

비국민 자식! 매국노야!

으그그그

31

이걸 봐, 이 눈은 그때 얻어맞아서 실명한 거야.

이 책임을 천황이 지기나 했어?

자기만 자—알 살고 있잖아.

……
……

난 일본이 전쟁에 져서 천만다행이라고 여기고 있어.

그런 공포스러운 군대가 없어져서 말야… 당신들처럼 잘못된 교육을 받은 사람들은 남들 앞에 우쭐거리면서 나서면 안 돼.

닥쳐! 닥쳐! 너, 현의회 의원인 오오부꾸로 다이지를 우습게 보는 거냐?

제발 진정하십시오. 우리끼리 싸워서 되겠습니까?

서로 진정하시고 노여움을 좀 가라앉혀주세요.

이이익.

모든 게 제 부덕의 소치올시다. 제발 용서해주시기 바랍니다.

하여튼 우리 학교의 제5회 졸업식을 축하해주십시오.

헬로. 굿 애프터 눈— 서—

무슨 일이야?

이 종이에 이름이 적힌 선생님들은 좀 와주십시오.

왜 그래?

졸업생 대표가 감사의 선물을 전하고 싶대요.

빨리 와 주세요.

내 이름도 적혀 있네. 대체 뭘 준단 거지?

허허허, 선물이 뭔지 기대가 되네요.

흐음.

까아~

까아~

학교생활도 오늘로 끝이로구나…

내일부터는 이 학교에 안 와도 된다고 생각하니 좀 섭섭하네.

파천중학교

겐, 졸업식 재미있었어. 잘 가.

그래, 나도 재미있었어.

안녕.

안녕.

똥모리 녀석, 뭐 하는 거야? 같이 가자고 기다리라고 해놓고…

헐떡 헐떡

탁 탁

임마, 뭐하다 이렇게 늦었어…?

후후후, 축제가 어떻게 되었는지 궁금해서 말야…

축제? 무슨 축제?

히히히, 좀만 있으면 알게 될 거야.

히히히, 신이 나서 피가 끓어~

히히히, 축제야, 축제.

겐, 졸업식이 가까워지자 어떤 꼰대는 교실마다 다니면서 흑판에 이런 글귀를 적었어.

노력

뒷자리는 깨끗하다

떠나는 새의

다들 무슨 뜻인지 알지?

뒷자리는 깨

새가 떠날 때는 자기가 살던 곳을 깔끔하게 치워놓고 날아가는 것을 말하는 거야.

떠나는 새의

너희도 졸업할 땐 새처럼 학교에 대해 감사하는 마음으로 뒷정리 잘하고 깨끗하게 떠나주길 바란다.

내가 너희들을 조금 심하게 때린 적도 있지만,

그건 다 너희가 잘 되라고 그런 거야.

너희들을 사랑해서 때린 거란 말야. 그걸 사랑의 매라고 한단다.

그러니까 졸업식이 끝나고 나서 답례를 한다고 선생을 놀라게 하지 않길 바란다.

후후후, 겐, 무슨 말인지 알지?

뭐가 …?

멍청하긴, 넌 졸업식이 끝나고 학생들한테 앙갚음 당할까 봐 몸을 사리는 말도 못 알아듣냐?

그렇게 뒷꽁무니 빼는 꼰대들을 상대로 피의 축제를 하는 거야.

히히히, 볼 만하겠어.

뭐, 뭐라구? 그럼 꼰대들을 패겠다구?

히히 히히.

대체 누가?

요꼬미찌 패거리야.

요꼬미찌 녀석은 교장이 경찰에 고발해서 소년원에 갔으니 복수를 해야 한다고 잔뜩 벼르고 있었어.

겐, 빨리 축제를 보러 가자.

야—호, 축제야. 축제.

바보 같은 짓을…

자—알 와주었어. 졸업생을 대표해서…

섭섭지 않게 감사의 선물을 주지.

자, 자네들, 무슨 짓을 하려는 거야?

흥, 뻔뻔스런 주둥이 놀리지 맛.

꺼억

끄윽.

빌어먹을 놈아, 날 소년원에 넣었겠다—

그, 그만해. 그만해— 넌 이게 은사께 할 짓이라고 생각하냐?

으으윽.

각오햇.

은사 좋아하네.

꽥.

너희들 꽥꽥거리지 맛.

오늘은 우리가 당한 만큼 돌려주겠어. 기대하라구.

으아.

히익.

부들 부들.

포, 폭력은 안 돼. 폭력은…

닥쳐. 너흰 매일 우리한테 폭력을 써놓고, 폭력은 안 된다고?

와들 와들.

웃기는 소리 마.

꺅.

꺄악.

39

교장! 일어섯.

빨리 서지 않으면 몇 배로 몰매를 때릴 테다!

내, 내가 잘못했어. 학생을 경찰에 고발한 건 교사로서 부끄러운 일이었어. 하지만 네 불량한 태도엔…

입 닥쳐. 네놈 변명은 들을 필요도 없어.

타 다 닥

하악 하악.

헐떡 헐떡.

이 자식아.

이 빌어 먹을 놈아.

으악.

실험실

아악—

크하하하, 벌써 축제가 시작됐나 봐.

너희들 치사한 짓거리 하지 마.

집단으로 몰매를 때리는 건 치졸한 짓이야! 그건 용서 못 해!

쳇, 이 자식이 꼴값 떠네. 열이라도 있는 거 아냐?

이봐, 겐, 방해하면 네놈부터 손봐주마.

네가 나설 일이 아니야.

맞고 싶지 않거든 얼른 돌아가.

못 가.

난 이런 짓거리를 보고 그냥 모르는 체 갈 수 없어!

에헤헤헤, 이 녀석이 너무 우쭐거리다 돌았나 보군.

그러게 말야. 열이 머리끝까지 올랐나 봐.

이놈아, 얌전히
꺼지란 말야!

파악

으악

겐.

으그
그그.

나, 난 봐
줄 수가
없어.

어떤 이유로든
폭력은 용서
못해.

네놈들처럼 집단
구타를 하는 건
더더욱 용서 못한
단 말야!

난 집단으로 몰려다니
면서 남을 괴롭히는
놈들은 딱 질색이야.

혼자서는 아무
것도 못하는 놈이
제일 꼴보기 싫어.

……

……

요꼬미찌 도오루,
날 얕보지 마. 싸움에는
내가 한가닥하니까 말야.

듣자듣자하니
더 이상 들어줄
수가 없군!

네놈들도 원하면
상대해주마. 덤벼!

할 거야, 안
할 거야?
확실히 해.

도망
가자

와—

으으
윽.

44

겐… 두고 보자. 반드시 갚아주마.

시끄러. 잔말 말고 꺼져.

실험실

……

……

겐, 괜찮아?

하아 하아.

겐, 고… 고맙네.

내가 자네를 아주 크게 오해하고 있었네. 미안하네.

나도 그랬어.

난 그따위 인사치레 듣고 싶지 않아요!

깜짝이야.

학생들한테 몰매를 당할 정도로 밖에 가르치지 못한 선생님이 잘못이에요.

마음에 상처밖에 준 게 없잖아요.

45

학교 선생이 되려는 사람은

모름지기 마음 깊이 학생을 사랑할 줄 알아야 교사가 되는 거예요.

학생이 잘못 했으면 욕만 퍼붓지 말고

말없이 힘껏 안아 주고 함께 어려움을 나누는 사람이 되란 말야!

교사랍시고 우쭐대지 말고!

우린 똑똑히 보고 있어! 우릴 얕보지 마!

가자, 똥모리.

응.

......

......

......

......

까아~

까아~

똥모리, 우리 학교 생활에는 즐거운 추억이 하나도 없지?

그래… 매일 배고파 울고, 비까로 가진 걸 다 잃어서 울고, 슬프고 괴로운 일뿐이었어.

똥모리, 과거는 되돌아보지 말고 앞날을 향해서 새출발하자…

너 고등학교 간다며…? 잘해!

으응.

밝고 고운 노랫소리에~ 눈이 녹고 꽃이 피나니

푸른 산맥아 설앵초 꽃아~ 저 하늘 끝에 선 우리의 푸른 꿈이 손짓하고 있네~

♪ 낡은 교복이여~ 안녕~ 슬픈 기억도 안녕~

♪푸른 산맥, 두둥실 구름 위로 뛰어오르는 우리의 젊음~ 새들도 노래불러 환영하네~

아야야
아파—

미, 미안해요.
저 전차를
타려고
그만…

너무
너무
미안
해요.

모조리
흩어졌
네요.

수학2

내가 도와
줄게요.

반찬매실

미, 미
안해
요.

NOTE
BOOK

전

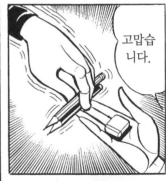

고맙습
니다.

꿩장히
아름답다…

…… ……

오늘은 트레비앙 양장점하고 서광 두 군데 수금하는 날이야. 서둘러야지.

크하하하, 돈이 막 굴러오네.

그럼, 다녀올게.

주먹밥, 돈 간수 잘해.

잘 다녀 와.

겐, 다녀 올게.

……

왜 저러지? 대답도 안 하고…

상사병에라도 걸렸나? 요즘 저 녀석이…

가츠코, 우리 가게를 만들 자금이 쑥쑥 불어 나니까 정말 기쁘지?

응.

……

……

……

……

아무래도 이상해…

뭐가, 류타…?

오늘이 며칠이지?

6월 15일.

6월 15일이라…

벌써 석 달이나 되었잖아.

무슨 일인데?

요새 겐 형이 좀 이상하지 않니?

3월에 학교를 졸업한 후로 석달 동안 맥없이 한숨만 쉬고 있잖아.

휴우

그리고 보니 그러네. 어디가 아프기라도 한 건가?

걱정이네…

어떡한다…?

살짝 흘러내린 앞머리, 능금처럼 어여쁜 볼, 검은 머리, 아름다운 이여…

보송보송 하얀 손을 내밀어 능금을 건네는 어여쁜 그대는 못 다 익은 열매 같은 나의 첫 사랑…

띠─잉. 나무타불 나무타불

크아하하, 형, 무슨 염불을 외고 있었어…?

바보야, 염불이 아냐. 시야 시.

우아─ 시라니? 어이구, 난 염불인 줄 알았어.

시마자끼 도오손의 '첫사랑' 이란 시야…

헤헷─ 이런… 아주 큰 실례를 했나이다. 원숭이 엉덩이가 새빨갛다고 하나이다.

……
……

그대를 사모하는 마음
한숨이 되어 그대 앞머리
를 스치는 순간, 그 순간
을 꿈꾸며 나 홀로 외로
이 술잔을 드나니…

능금 밭 오솔길에 난
발자국은 누구의 것인가?
그대여 말해다오,
사랑하는 내 그대여…

띠—잉.
나무타불
나무타불.

어이구, 넌 한심해.
이 시의 깊은 뜻을
이해 못하다니…

먹는 일밖에
안중에 없는 인
간 미달의 류타
를 보니, 오오,
슬프도다—

시끄러,
사는 데
지장
없어.

오오, 우리
류타는 불쌍
하도다.

그만 해.
그만 해.
그만 해.

파닥

파닥

엇.

크아하하, 그랬구나!

형이 석달 동안 넋이 빠졌던 이유가 바로 이거였어!

아앗, 이 자식아.

킬킬킬

얼레리— 꼴레리—

류타야, 돌려줘, 돌려줘.

야— 가추코, 형이 기운이 없었던 이유를 알았어.

류타, 돌려줘. 돌려달란 말야.

가추코, 빨리 봐봐. 이거야, 이거!

이 자식.

딱

꽥.

툭

보고싶다
보고싶다
그녀는
어디
있을까

사랑해
사랑해
사랑해
사랑해

만나서
영원히
얘길
나누고
싶어...
...

......
......

......
......

아구구구,
돌을 던지다니
너무해.

임마, 쓸데
없는 짓
하지 맛.

크아하하,
알았어, 알았어.
화내지 마.

근데 형이 연애하고
있는 줄은 몰랐어.

시, 시
끄럿.

야아— 얼굴이
빨개졌네. 새빨개
졌어. 홍당무야—
홍당무—

시끄럽
다니깐!
그만해.

형, 그 여자하고
언제부터 사귀
었어?

한번도
만나지 못
했어.

거짓말 마. 만나지도 않았는데 어떻게 그림을 그려? 모델 해준 거 아냐?

기억을 더듬어서 그린 거야.

호— 기억력으로… 형은 대단하네.

그럼 형 혼자 한눈에 홀딱 반했단 말야?

불쌍하도다… 나무타불 나무타불.

좋아, 내가 형 마음을 그 여자한테 전해줄게.

나한테 맡겨. 그 여자는 어디서 살아?

사는 데를 알면 내가 이렇게 괴롭겠어?

처음 봤던 그 장소, 그 시간에 석달 동안 매일 기다렸는데 못 만났어.

……
……

그럼 모른단 말야?

류타, 진짜 불가사의한 일이야. 단 한번 스치면서 봤을 뿐인데 사랑에 빠져서 잊혀지질 않으니 말야…

아무튼 그녀를 만나고 싶어…

너무 보고 싶어서 못 견디겠어…

의사선생도 온천탕도 쿵쿵따라~ 상사병은 못 고친대~ 으샤 으샤~

류타, 장난치지 마. 겐은 진짜 괴로워하잖아.

아참, 그렇지, 알았어.

형, 힘내. 이제 형 마음이 통해서 꼭 만나게 될 거야.

어디 가는 거야?

일하러 가.

이기고 돌아오리라. 힘차게 맹세를 다지고 회사로 떠나온 바에 훈장 하나 못 얻고 어이 죽으리~ 진군 나팔 들을 때마다 눈동자에 어리는 나까오 광고회사~

회사의 노래 합창.

음.

필승.

어험.

최근 우리 회사의 업적이 많이 떨어졌다. 그 원인은 너희들의 정신이 썩어빠진 데에 있다.

……

……

……

나는 대일본인의 혼을 잃어버린 너희들이 너무 한심하다.

네놈들처럼 나약한 일본인이 불어나면 우리 회사는 부도가 나고 나라는 망하고 우리 미래는 암담해진다.

그런 점에서 대일본제국의 육해군은 명실공히 인간을 훌륭하게 키워왔다. 그리고 세계를 상대로 전쟁을 했으니, 이 얼마나 감격스런 일인가!

너희들도 대일본제국 군인들의 정신을 철저히 본받아야 한다.

물자만 넉넉했다면 원폭 같은 것 하나둘 맞았다고 해서 미국이나 영국, 소련한테 지지 않았을 것이다.

안타깝게도 물자가 없어서 전쟁이 끝나게 된 게 진짜 유감이다.

후아~함

구로사끼, 하품 하다니 무슨 짓이야!

미, 미 안합니다. 사장님.

시끄러. 네놈 정신이 썩어빠져서 하품이 나오는 거야.

와들 와들.

이 등신 새끼.

쩍

끅.

꽝

......
......

사장 그만하는 게 어떻겠소? 당신이 하는 언행은 상당한 시대착오요.

우리는 당신의 군국주의에 신물이 나는데, 당신은 창피하지도 않소?

입 닥쳐.

전쟁이 얼마나 비참하고 원폭이 얼마나 참혹했는지,

히로시마에서 사는 당신이 잘 알 거 아니오?

입 닥쳐. 전쟁은 이 세상이 있는 한 없어지지 않아. 원폭이 대수야?

당신은 군대서 명령만 하고 지내서 그런 생각을 하는 것 같소만, 당하는 쪽은 지긋지긋했을 거요.

그렇다, 명령 하나로 죽으라면 죽는 거야.

사장님, 이제 군대식으로 해야 한다느니, 하는 건 그만하시죠.

전쟁놀이는 그만 하시라구요. 한심하단 소리 듣지 않으려면.

난 가만히 봐줄 수가 없어요.

정말 그래… 겐…

전쟁 때문에 얼마나 처참했는지 까마득히 잊고 오히려 전쟁을 그리워하는 사장 같은 놈들이 많아서 문제란 말야.

으으으.

부들 부들 부들

네, 네, 네놈들, 모가지, 모가지, 모가지…

뭐라구요? 우리 모가지를 자른단 말이오?

맘대로 하시구려. 하려면 빨리 하시오. 우린 사원이 아니니깐.

그래요. 난 거지가 될지언정 이런 회사에서 월급장이 될 생각은 추호도 없어요.

겐이 당신 회사에 갚아야 할 손해배상은 이제 다 갚았을 거요.

손을 뗄 때가 됐나 보구나? 겐…

그래요.

사장, 우린 기분 좋게 일할 수 있는 간판 회사로 가겠소.

그래요, 취직난을 이용해서 걸핏하면 모가지라고 협박하고 사람 취급도 안 하면서 약한 사람을 구박하는 짓은 그만둬요.

이이익…

네, 네, 네놈들은 모, 모가지, 모가지…

모가지야아~

자아, 됐어요.

그래요, 오히려 기꺼이 나가줄 테니까 안심해요.

잘됐네요. 저 녀석들이 떨어져나가게 됐으니…

흐흐흐.

히히히.

자식, 뭐가 재밌어. 날 깔보는 거야?

퍽

캬약.

으으으, 제길, 빌어먹을.

겐, 비록 돈이 없어서 힘들어도 비굴해지면 안 돼. 고분고분 순종해서 쥐꼬리만한 돈 벌어 봤자 정신은 걸인이 되어 버리는 거야.

네, 비까로 돌아가신 우리 아빠도 항상 그런 말씀을 하셨어요.

풍풍

풍풍

자기가 옳다고 생각 하면 쉽게 타협해선 안 된다고요. 자신을 팔아넘기는 거라고.

맞아. 그래야 해.

겐, 이제부터는 그림공부에 집중해볼까?

예, 세이가 아저씨, 저를 엄하게 가르 쳐주세요.

호호호호호

아아—

와들
와들

아—
만나
다니.

호호
호호.

잘 가.

안녕.

랄랄라~

아~ 만났어.
만났어, 드디어
만났어.

랄랄라~

겐, 어디로 가는 거냐?

아, 아저씨, 내일 봐요…

갑자기 무슨 일이야? 엉뚱한 녀석이군.

후들

후들

하아 하아, 만났어. 만났어. 사랑하는 여자를 만나다니 이게 꿈은 아니겠지?

하아 하아.

어, 어찌된 일이지? 심장이 터질 것 처럼 뛰고 있어.

하아 하아, 기쁘다. 근데 숨이 가빠지고 있어.

후들 후들

나하고 사귀어줄까?

어떻게 말을 건네야 하지? 부끄러워.

날 싫어한다고 하면 어쩌지?

어떡하지? 답답해.

아아, 어떡하지?

랄랄라~

하아 하아.

목재

빵
빵

이번 정거장은 우시다 2가입니다.

덜컹 덜컹

매력적인 사람이야. 보면 볼수록 정말 끌려.

우시다 2가입니다.

끼익—

이번 정류장은 우시다 5가입니다.

이 집에
사는구나.

랄랄라.

말을 어떻게 건네지? 어떻게
해야 사귀어줄까? 도무지
모르겠네. 가슴만 뛰고…

엇.

네놈은 겐 아냐! 무슨
짓을 하려는 거야?

앗,
사, 사장.

이놈아, 아직 나한테
할 말이 있어서 얼쩡
대는 거야, 뭐야?

아, 아
냐.

입 닥쳐, 네놈이 나한테 그렇게 심한 모욕을 주었는데 내가 용서할 거 같아? 잔말 말고 꺼져!

이 빌어먹을 놈아.

아, 아니에요. 이러지 마세요.

아… 아빠라니? 사, 사장이 당신 아빠야?

아빠, 왜 시끄럽게 소리치세요? 이웃에게 미안하잖아요.

그게 무슨 소리야? 내가 미쭈꼬 아버지다, 왜?

이, 이런 일이…

아무리 봐도 딸하고 아빠하고 닮지 않았잖아. 그런데 어떻게?

이놈이 아직까지도 날 우습게 보고 수작을 부리는 거야, 뭐야?

너, 넌 그때?

미 미안해요. 그땐 너무 서두르는 바람에.

미쭈꼬, 네가 겐을 알아?

네에, 좀…

얘야, 이런 후레 자식하고는 말도 하지 마.

사귀는 건 어떤 일이 있어도 안 돼.

난 절대 허락하지 않을 거야.

겐, 앞으로 우리 미쭈꼬한테 접근하다가 들키는 날엔 죽을 줄 알아!

내 소중한 딸을 네놈 같은 망나니한테 줄 수 없어. 천만에.

아빠, 내가 이 사람한테 사과 해야 해요.

시끄러, 그런 건 아무래도 상관 없어.

알았지? 미쭈꼬야, 두 번 다시 이 녀석 하고 얘기하면 못 써.

두번 다시 이놈과 만나지 마. 절대, 절대 만나지 마.

이 녀석이 나한테 심한 모욕을 주었단 말야.

난 이놈을 용서 못해.

썩 돌아갓. 꺼지라구!

으...
으.

자식, 돌아가라는 말이 안 들려?

덥석
덥석

빌어먹을, 두 번 다시 내 집 앞에 얼씬거리지 마.

엇.

돌아가, 썩 꺼져버려.

으...
으.

그럴 리가 없어. 저 사장이 당신 아버지일 리가 없어.

아니야!

겐, 이 자식아, 다시는 오지 맛.

내 딸 가까이 오기만 하면 그땐 엽총으로 쏴 죽여 버릴 테다—

허억 허억, 빌어먹을 놈.

……

자아, 미쭈꼬. 밥 먹자.

맛있는 걸 한 상 가득 차려먹자. 액풀이 해야지…

……

진짜 겐이란 놈은 지겨운 놈이야.

달그락 달그락

까아 까아 까아 까아

큰일이네~ 형이 비쩍비쩍 마르고 몰골이 말이 아니야.

충격이 너무 컸나 봐. 자기가 좋아하던 여자가 제일 혐오하던 사람의 딸이었으니.

여자는 하늘의 별만큼 많은데 하필이면 그런 사람의 딸을 좋아하게 된 거야? 잊으면 좋으련만.

바보야, 그렇게 쉽게 잊혀지니? 그게 어려우니까 겐이 힘들어 하는 거잖아.

남자하고 여자가 서로 사랑하고 연애하니까, 그런 예술들이 생겨나는 거야.

너처럼 쉽게 잊을 수 있다면 이 세상에 시와 노래, 문학과 그림, 연극, 영화 같은 건 생기지도 않았을 거야…

흐음, 그렇구나.

그래, 남자하고 여자가 좋아하니까 어떤 일에도 사람들이 살아갈 희망을 갖게 되는 거라구.

아아~ 어려운 일이로구나~

으흐흐흑

흑흑흑 흑흑흑.

미쭈꼬미쭈 미쭈미

저런, 결국 울기 시작했어. 가추코…

네가 가서 기운 내게 도와줘.

형, 미쭈꼬란 여자가 그렇게 좋으면 확실히 하면 되잖아.

형, 너무 슬퍼하지 마.

형답지 않아. 예전처럼 기운을 내란 말야.

꽉 껴안고,

난 당신을 사랑해, 아이 러브 유~ 하고 뽀뽀해버려.

형이 확실히 의사표시를 해야지.

안 해. 못해, 그녀 앞에 서면 가위라도 눌린 듯 몸도 입도 아예 움직이질 않아…

거참, 곤란하네, 형이 어떻게도 할 수 없다니…

으윽.

알았어. 형, 나한테 맡겨 줘.

형이 괴로워하는 걸 더 두고 볼 수가 없으니까…

내가 미쭈꼬 씨랑 사귈 수 있게 해줄 테니까 안심해.

네, 네가?

너한테 무슨 방법이라도?

일단 맡기라니까.

정말로 할 수 있어?

뭐야? 그 말은 날 무시하는 거야?

그렇게 사람을 못 믿는 태도는 용서 안 해.

날 믿어, 나한테 맡기면 돼.

후후후, 형, 미쭈꼬 씨하고 데이트할 수 있게 해줄 테니까 기대하고 있어~

류타야, 진짜 부탁해.

너만 믿을게.

크아 하하하, 맡겨 두셔.

사랑이라면 백 개든 이백 개든 얼마든지 갖다줄게.

자아, 형, 밥 많이 먹고 기운 내!

그래, 배가 고프면 일을 못하지.

가추코, 주먹밥은 수금하러 가서 왜 아직 안 돌아올까?

실은 나도 걱정하고 있었어.

이 자식, 어딜 싸돌아 다니는 거야?

어휴— 사장을 쫓아다니면서 수금을 했더니 시간이 많이 걸렸네.

휴우— 너무 지쳤어.

요리 전문점

드림

낭만다방

BAR

나이트 클럽

BAR 봄

이봐요~~ 왜 죽상을 하고 있어요?

나하고 재미 있게 놀다 가요. 그럼 기운이 날 거예요~

어서 와요.

BAR 마돈나

BAR 마돈나

BAR 히모꼬

흥, 돈이 없는 빈털 터리구나? 메주 같은 낯짝으로 얼쩡대지 마.

너, 다시 한번 말 해봐! 날 깔 보지 말라구!

흥, 꼴에 화내 긴~

그딴 소리 마. 돈이라면 얼마든지 있어. 이년아.

어머.

미안~ 농담이야~ 농담~ 오빠, 용서해요.

흥.

BAR

84

자아, 자, 어서 어서 들어가요. 오빠, 오늘 밤은 신나게 놀아요.

실롱마리

BAR
마돈나

신나게 노는 게 뭐야?

들어가면 알아요. 어서 이리로~

오빠, 어서요.

어서 오십 시오.

호호호호, 오늘은 베리 베리 해피 나이트야.

먼저 맥주로 건배하는 거 어때요? 좋죠?

으응.

야호— 여기 맥주 팍팍 내와요~

오케이.

건배애—
오빠, 오늘밤은 마시고
노래하고 춤도 추고
멋지게 지내요.

……
……

잡았어. 돈을
많이 갖고 있어.

오빠,
저랑 춤
춰요.

난 춤 추기
싫은데…

내가 하는
대로만 따라
하면 돼요~

헤—이,
신나는 음
악 부탁해
요~

하…하지 마. 난 피곤해서 춤 추기 싫다니까…

괜찮아요.

피로가 싹 가시고 기운이 나는 주사를 놓아줄게.

주사?

효과가 너무 좋은 마법의 주사 약이야.

맞자마자 힘이 부쩍부쩍 날 거예요.

오빠, 신나게 춰요.

삥익

살롱 마리

BAR 마돈나

적과흑

카바레

수시나

정거장
우시다 2가
우시나 행

주먹밥 자식, 어제 집으로 돌아오질 않았어…

대체 어디서 뭐 하는 거야?

요샌 걱정거리가 많아서 머리가 아프다니깐.

앗?

왔다, 왔어, 저 여자야.

안녕하세요. 기다리고 있었습니다.

제 부탁을 꼭 들어주십시오.

네? 무슨 일이죠?

나카오카 겐이란 남자를 알죠?

겐?

아아, 어제 우리 아빠하고 실랑이를 벌인…

맞아요. 그 사람이 제 형입니다.

바로 그 형이 당신을 너무 좋아하고 있어요.

네엣?

제발 우리 형을 만나주세요.

매일 괴로워하는 모습을 보기가 불쌍해서 제가 이렇게…

자나깨나 못 잊을 그리운 님~ 물결에 비치는 달 그림자처럼~ 잡을 수 없어도~ 첨벙 빠져 흠뻑 젖고 싶어라~ 사랑은 방향 없이 떠도는 돛단배~ 얼씨구~ 덩덩덩.

이걸 당신께 드릴게요. 형의 정성을 알 수 있을 겁니다.

보고싶다 보고싶다 그녀는 어디 있을까

사랑해 사랑해 사랑해

만나서 영원히 얘길 나누고 싶어

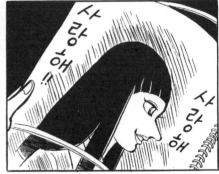

사랑해!!

사랑해

사랑해 사랑해

사랑해 사랑해

한번 본 기억만 갖고 똑같이 그렸어요.

얼마나 당신을 생각하고 있는지 알겠죠?

아아~ 형의 마음이 너무 절절해요~ 훌쩍 훌쩍.

제발 우리 형을 만나 주세요. 진짜 좋은 사람이에요…

제발 부탁드려요.

겐 형의 마음을 알아주세요. 부탁해요.

저희 아빠가 한마디도 얘기하지 말라고 하셨어요.

사귀기라도 하면 아빠한테 호되게 꾸지람 들을 거예요. 안 돼요.

안 된다고요?

그렇게 딱 잘라 말하지 말아요. 당신은 매정하시군요.

또 겐 씨가 어떤 사람인지도 모르고 사귈 순 없어요…

정거장 우시다까 우시나행

그러니까 만나보면 어떤 사람인지 잘 알게 될 테니까 이렇게 부탁하는 거예요.

당신도 좋아하게 될 거예요.

남자인 나도 홀딱 반한 사람이거든요.

아빠 뜻을 거스를 순 없어요.

불꼰

91

뭐요? 아빠, 아빠, 아빠 밖에 몰라요?

당신 자신이 사귈 건지 말 건지 결정 해야죠!

제발 만나주세요. 부탁이에요.

하지만 아빠가…

또 아빠야?

당신은 자신의 의지가 없어?

좋은지 아닌지 확실히 해!

무리예요. 전혀 모르는 사람을 어떻게…

그러니까 만나보면 알게 되니까 만나보라고 부탁 하는 거잖아요. 이래도 못 알아들어요?

하지만.

에잇, 됐어. 넌 바보야.

바보야, 더는 부탁하지 않아.

너 같은 여자하고 사귀면 형이 오히려 손해야.

빌어먹을, 뭐가 잘
나서 튕기는 거야?
이 바보야.

이젠 부탁 안 해. 겐 형
한테 어울리는 여자는
얼마든지 있어. 바보야.

빌어먹을, 바보를
보고 굽신굽신
했으니 나만
손해봤네.

……
……

아름다운 사랑의 별 하나.
밤하늘에 홀로 빛나네. 그대
향한 그리움만큼 환하게 빛나라~
사나이 굳은 마음에 품은 연정,
목숨도 아까울 것 없어라~ 활활
타오르는 희망의 불꽃이여~
샛별이여~

바—보.
이 노래의 깊은
뜻을 모르
다니~

어이구,
한심하다,
한심해.

……
……

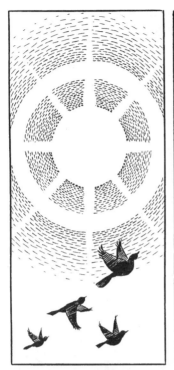

크아하하하, 형, 그렇게 한심한 여자는 이제 그만 잊어.

더 좋은 여자는 많아. 내가 찾아 줄게.

으악.

헐쩍

너, 너, 류타, 그렇게 망쳐놓고…

함부로 그런 말을…

그러지 마. 그렇게 노려보지 말라구—

……
……

히히히, 형, 그렇게 보지 마…

으아ー

혀 형, 그 그만해.

그런 눈으로 보지 말라니까ー

……
……

너… 너… 어째서… 어째서…

내가 소중하게 간직해오던 걸 산산이 부셔놓는 거야?

나, 난 형을 위해서 한 거란 말야.

미쭈꼬 같은 여자는 포기해.

그런 여자 때문에 괴로워해봤자 형만 손해야. 좋은 여자는 얼마든지 있어.

시끄러.

꽈악

악.

나한테 미쭈꼬 씨 말고 다른 여자는 소용 없어.

미쭈꼬 씨는 나의 천사야.

끄윽.

이 녀석아, 미쭈꼬 그녀를 두 번 다시 못 만나게 네놈이 망쳐놓았잖아.

뽁 뽁

이 바보 멍청아.

아구 구구.

시끄럿. 언제 까지 주접떨 거야?

끄윽.

뭐야? 그딴 여자 때문에!

윽.

이놈아, 네가 잘 못했잖아.

그만 해.

겐, 류타, 제발 그만 좀 해.

97

형, 이제 정신 좀 차려. 날뛰지 말라구―

시끄러, 누가 너더러 미쭈꼬와 만날 기회를 망쳐놓으라고 했어?

그만해―

이 자식이―

아악.

이놈, 류타, 나쁜 놈아─

크윽.

이 자식 주물러 주마.

날 얕보지 맛.

이 자식아.

빌어 먹을.

시끄러. 오줌싸개야─

그만해. 그만해 애.

겐, 류타, 제발 좀 그만해.

너희들 싸우지 좀 마.

싸우는 건 싫어— 겐도 류타도 다 싫어.

부탁이야. 제발 사이좋게 지내자.

부탁 이야. 제발.

....

....

으으윽, 난 싸움은 싫어, 싫다구.

겐도 류타도 바보야. 바보, 바보.

산에는 산의 근심이 있고— 바다엔 바다의 슬픔이 있나니— 마음속 깊은 곳에서는 울고 있는 꽃이 있어라—

산골 목장에 저녁노을이 짙어 가는데— 홀로 나는 기러기 한 마리~~

말 잔등 위에서 나홀로 눈을 뜨네~ 얏호— 얏호—

앗?

왜 그래? 모두 무슨 일 있었어?

아휴, 분위기가 냉냉하네.

……

……

가추코, 무슨 일이 있었어?

겐하고 류타가 대판 싸웠어.

칫, 쓸데 없는 짓들을 했군.

좀더 보람있는 일이나 해. 한심한 놈들.

주먹밥, 너, 한번 더 말해봐.

잘난 체하지 마.

어젠 들어오지도 않고 얼마나 걱정했는지 알기나 해…?

네놈이 건방지게 우리에게 설교하겠다는 거야?

임마, 어딜 싸돌아다니다 이제 와?

불끈—

네놈들에게 내가 하는 걸 일일이 보고 해야 돼?

난 네놈들 노예가 아니란 말야. 어딜 싸돌아다니든 말든 그건 내 맘이란 말야.

뭐, 뭐엇?

내가 내 맘대로 시간을 쓰는 게 뭐가 안 되는 거냐구!

쓸데없는 걱정하지 마.

뭐 뭐라구? 우리 걱정은 안중에도 없다는 거야?

임마, 겐하고 싸운 분풀이를 왜 나한테 해?

시끄러. 말 돌리지 마.

주먹밥, 너 건방지게 굴면 내가 가만 안 있을 테다!

입 닥쳐. 할 테면 해봐.

호으흑, 싸우는 거 싫단 말야.

싸움은 이제 하지 마.

우리 모두 사이좋게 지내자.

싸움 따위는 하지 말고…

흥, 기분이 좋아서 집으로 왔는데 말야.

자기네가 싸운 분풀이를 나한테 하다니!

이런 데 있으면 나만 기분 나빠지겠어.

주먹밥, 어디 가니?

바람 쐬고 올게.

기분 풀고 얼른 돌아와.

아아~ 불안해. 모두 뿔뿔이 흩어져버릴 것만 같으니.

쓸쓸하고 괴롭고 왠지 무서워.

미안해. 다 내 잘못이야.

내가 잘못했어.

가추코… 류타… 용서해줘…

날 용서해…

......
......

한번 본 기억만 갖고 똑같이 그렸어요.

얼마나 당신을 생각하고 있는지 알겠죠?

제발 우리 형을 만나 주세요. 진짜 좋은 사람이에요…

난 행복한 사람이야. 이렇게 생각 해주는 사람이 있다니.

사랑해 사랑해 사랑해 사랑해 사랑해 사랑해

그래, 겐이란 사람 매력적이야. 눈망울이 초롱초롱 빛나고 있었지.

어험.

……

107

미쭈꼬, 걱정 거리라도 있니?

네엣? 아무 것도 없어요…

아까부터 무슨 생각을 하는지 기운도 없고… 걱정이 되는구나.

아뇨, 좀 생각할 게 있어요.

미쭈꼬, 뭐라도 어려운 게 있으면 뭐든 아빠한테 말해야 한다. 알았지?

네에.

난 널 위해서면 어떤 일이든 다 할 거다.

넌 이 세상에서 딱 하나뿐인 내 혈육이야.

난 네가 얼마나 사랑스러운지 모른단다.

미쭈꼬야, 내 맘 알지?

네에.

전쟁터에서 히로시마로 돌아와 보니
비까동으로 집은 타버리고 가족이나
친척도 찾을 수가 없었어. 네 형제들
시체조차 찾지 못했어…

내가 이 세상에 혼자
남아 눈앞이 캄캄할 때

이웃 사람이 널 데리고
있다는 걸 알고는 진짜
너무 기뻤단다…

그 비까동에
서도 용케
살아남았던
거야…

난 네 덕에 살아갈
희망이 생겼어.

그래서 너만큼은 어떤
일이 있어도 행복하게
키우겠다고 맹세
했단다.

운이 좋아서 군대에서 쓰는 인쇄잉크를 싸게 구할 수 있어서 간판 사업을 했던 게 잘 된 거야.

그래서 현재는 히로시마에서 제일 가는 간판사업가가 된 거지.

남은 건 널 일본 최고의 남자와 결혼시키는 거야.

가문, 학력, 재력, 모든 걸 갖춘 남자와 말야.

그리고 똑똑한 손자가 생기고, 나까오 가문의 번영을 이루는 거야.

그 날이 어서 오기만을 기다리고 있단다.

미쭈꼬, 기대되는구나. 내가 꼭 훌륭한 남자를 데려오마.

지긋지긋해. 아빠가 자기 맘대로 설교를 늘어놓는 것도 더 이상 듣고 싶지 않아.

뭐요? 아빠, 아빠, 아빠 밖에 몰라요?

당신 자신이 사귈 건지 말 건지 결정해야죠!

당신은 자신의 의지가 없어?

내가 바보 같았구나. 내 의지가 있는데 말야.

난 아빠의 인형이 아니야.

SKETCH BOOK

······
······

빌어먹을, 언제
까지 날 바보
취급할 거야?

날 우습
게 보지
마.

드르렁
드르렁

오빠, 자면
안 돼.

일어나서
마셔요.

으이이—
이제 됐어.
너무 졸려.

무슨 소리
예요? 이제
부터 시작
인데…

그럼 어제 그 주사
있잖아. 눈이 번쩍
뜨이는 주사, 그걸
놓아줘…

알겠
어요.

지배인님, 우리 그이 한테 주사를 놓아줘요. 맞고 싶대요.

자아, 빨리 기운 나고 싶으면 팔을 쭈욱 내미세요.

그래, 알았어. 이 주사는 맞으면 정말 힘이 솟아 나.

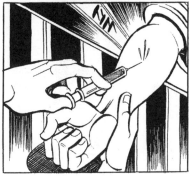

대체 무슨 약이지?

종합 비타민 이야.

와우— 그래서 그런지 힘이 팔팔나고 있어.

효과가 나타 나~ 눈에서 불이 나고 기 운도 났어.

자아, 많이 드세요.

좋지, 마시 자구.

속상할 땐 왕창 마셔요, 춤도 추고요.

그렇지.

헤이, 컴온 컴온.

이야 호—

주먹밥 녀석, 또 안 들어왔어… / 어딜 싸다니는 거야? 이 녀석이…

주먹밥 기분이 상한 건 내 책임이야. / 사과해야겠어.

류타, 미안해. 내가 싸움까지 안 해도 되는 걸 해서… / 아냐, 나도 잘못했어. 맘대로 형의 연애를 망쳐놓아서…

이제 난 미쭈꼬 씨를 포기할래. / 미안해, 형. 용서해줘.

앗?

쓰으윽 쓰으윽

빵긋

미… 미… 미쭈꼬 씨.

안녕하세요. 나카오카 겐 씨, 고맙다는 인사를 하려고 아빠 회사에서 주소를 알아냈어요…

인, 인사는… 무슨…?

이 스케치북을 주셔서 고맙다구요.

아, 아예, 쑥스럽게 뭘…

116

고마워요. 절 이렇게 이쁘게 그려주셔서.

정말로 기뻤어요…

띠용~

앞으로도 괜찮으시다면 절 그려주시면…

저, 저…

바보같이! 무슨 말을 해야 할 거 아냐! 앞으로 형하고 사귀어 보겠다는 말이잖아. 정신차려, 이 바보야.

멍청~

자, 빨리 당신을 무진장 많이 그리고 싶다고 해.

빨리 말해. 바보처럼 말하는 걸 잊어버렸어?

미쭈꼬 씨, 고… 고마워요.

내가 당신을 많이 그리게 해주세요.

꼴깍.

허락만 하신다면 전 기꺼이 즐거운 마음으로 당신을 많이 많이 그리겠어요.

그래그래. 그렇게 말하는 거야.

울커니 울커니

고마워요. 저도 기뻐요.

헤헤헤—

117

그럼, 갈게요.

어어어~

흐으흑, 흐으흑.

흐으흑 흐으흑

크아하하하, 형, 잘됐네. 미쭈꼬 씨가 형이 좋아졌나 봐. 정말 잘됐어.

흐으흑.

이크.

우아—앙. 류타, 너무 기뻐—

너무 기뻐서 눈물이 나—

응, 축하해, 형, 정말 잘됐어…

119

가추코, 빨리 신상품을 가져와.

네.

이걸 봐. 가추코가 만든 원피스를 진열해놓으면 멋있게 보여서 잘 팔려.

너는 정말로 감각이 좋아.

고맙습니다.

근데 류타야, 요샌 주먹밥이 안 보이던데 무슨 일이 있냐?

흥, 몰라요.

싸웠냐? 왜 그렇게 쌀쌀맞게 대답하냐?

사장님, 용서하세요. 류타가 요새 기분이 안 좋아서 그래요.

그랬구나. 네가 먹는 걸 좋아하다 보니 썩을 것까지 먹고 탈이 난 게로구나. 어이구 불쌍도 하지…

가추코, 조심하는 게 좋겠어. 저러다 머리가 돌아서 똥개에게 싸움 걸지도 모르겠어.

시끄러워 욧

끄아하하, 화내지 마. 농담이야, 농담.

가추코, 빨리 와. 가자.

가추코, 잘 부탁해.

드레비앙양장점

오리와 도끼

투덜 투덜.

류타, 이제 기분 풀어.

시끄러, 이게 쉽게 풀릴 일이야?

주먹밥 녀석이 집에 안 돌아온 지 벌써 2주일이 다 돼가.

그 자식 농땡이만 부리고 어디서 빈둥거리는 건지,

어디서 뭔 짓을 하는 건지 걱정만 시키고.

우리 양장점 만들어야 하는 이 때에 말야.

우린 죽도록 일하고 있는데, 그 자식은 놀러만 다니다니, 용납할 수 없어.

가추코, 안 그래?

알아, 하지만 너무 화내지 마. 주먹밥을 용서해줘…

그게 탈이야.

미국의 막가파 원수가 말했잖아. 일 안 하는 놈은 먹지도 말아야 한다고.

에잇, 재미없어. 나도 놀러 다니고 싶다ー아.

열받는 다아ー 불쾌하단 말이야ー

정말 주먹밥아 어쩐 일이지?

너무 갑자기 사람이 변해버려서 진짜 걱정이야…

어기야— 어기
영차— 어—기—
야— 어—기—야
어기—이 영차—
바다로 나가자—

바다의 신한테
감사를 드리는 미야
지마 제사에 나갈
연습을 하는 거야.

다들
신났네…

어기야—
어—기
영차—

미야지마라면 맞아.
오늘 겐이 미쭈꼬 씨하고
거기서 스케치한다고
한 곳이네.

그래.

형은 미쭈꼬 씨하고
사귀니까 매일매일이
즐거운가 봐. 못말린
다니까.

지금쯤은
미야지마에서
히히덕거리고
있겠군.

류타, 너무
질투하지 마.

난 일만 죽어라고 하니까 따분하단 말야— 에잇—

으힉

너, 나한테 무슨 불만 있냐?

가만 안 둬— 박살 내고 말 거야.

아, 안 되겠어, 가추코, 도망가자.

거기— 서—엇.

네가 서란다고 서는 놈이 어딨냐?

크아하하, 우연이야, 우연. 우연히 맞은 거라구. 화내지 마셔.

이곳 미야지마에서는 사슴의 첫울음소리에 아침노을이 밝아오네―

사뿐사뿐 오오따 강으로 오세요~ 오오따 강으로~ 마음씨 고운 히로시마 아가씨~ 얼씨구 절씨구 히로시마 민요로 춤을 춥시다~~

호호
호호

헤헤
헤헤.

여러분, 이곳이 바로 다이라노끼요모리가 만든 일본 3경의 하나 미야지마입니다―

바보

125

자아, 이번엔 단풍
골짜기로 이동합니
다—아. 삐—뽀—

호호
호호.

가요~ 가요~
어서 가요~~

호호
호호.

미쭈꼬 씨를 모델로 그리게 돼서 얼마나 기쁜지 모르겠어요.

내가 최선을 다해서 그려 볼게요.

잘 그려 줘요.

마음 푹 놓고 있어요~

미쭈꼬 씨, 여기 저기 다니느라고 피곤했죠?

아니요. 괜찮아요. 너무 즐거웠어요.

앗, 사슴이 네!

어머, 좀 보세요~ 이건 아기 사슴이에요~

그래요. 근데 사람이 너무 줄었어요. 전쟁 전에는 수도 없이 많았는데.

생각나네요…비까로 돌아가신 아빠랑 누나랑 신지랑 여기로 놀러 왔던 날이…

우린 영양부족으로 발바닥에 부스럼이 많이 나 있어서 저 아래서 헤엄쳤어요…

왜요?

해수는 부스럼을 치료하는 데 효과가 좋다고 해서.

그래요?

그때가 그립네요…

신지는 도시락을 사슴한테 빼앗겨서 난리가 났었어요.

신지 녀석이 도시락 돌려달라고 말 등을 물었을 땐 저도 깜짝 놀랐어요.

그리곤 미야지마가 떠내려가도록 울었어요. 도시락을 뺏겼다고 고함치면서 말예요.

전쟁말기에는 사람들이 부족한 식량 때문에 마구 잡이로 죽였어요.

사람들이 잔인해졌던 거예요... 기르던 사슴을 거리낌 없이 죽일 정도로...

이제는 운 좋게 난리를 피해 산 속으로 도망갔던 사슴을 잡아다 번식시키려고 사육하고 있어요.

전쟁만 생각하면 화가 나. 이런 섬에 사는 사슴까지 죽이다니.

사슴들아— 내가 절대로 너희를 죽이지 못하게 할게. 전쟁이 없는 평화로운 세상으로 만들어줄게.

언제까지나 사이좋게 살자꾸나.

……
……

겐 씨는 진짜 마음씨가 곱네요. 다시 봤어요.

끄아하하, 쑥스럽네요.

겐 씨하고 있으니 자연스럽게 마음 속 애길 털어놓게 돼요.

얘길 해줘서 저도 기뻐요.

겐 씨를 보고 있으면 울 아빠가 부끄러워요…

전쟁이 무슨 장사인 양, 살인을 전문으로 한 직업군인이었으니까요.

그리고도 반성은 커녕 오히려 전쟁을 그리워하며 걸핏하면 그때는 이랬어 저랬어 하고 자랑만 하세요.

나는 아빠가 가까이만 와도 몸서리가 쳐져요…

저 손으로 얼마나 많은 사람을 죽였을까 생각하면 섬뜩해요.

아빠 전쟁이나 비까 땜에 내가 얼마나 괴로워 했는지 몰라…

울 아빠 바보예요. 진짜 바보예요…

겐 씨, 나라를 지킨다는 명분을 내세워 사람을 죽이는 그런 직업군인이 되면 안 돼요. 부탁이에요.

염려 마세요

진저리가 나요. 전쟁도 원폭도…

그래요.

하지만 말하지 않겠다고 자신에게 다짐하면 할수록 괴로워서 미칠 것만 같아요.

대체 무슨 일인데요?

전 절대 아무에게도 말하지 않기로 결심한 일이 있어요…

후홋, 겐 씨는 불가사의한 사람이에요…

겐 씨한테는 죄다 털어 놓고 가슴에 맺힌 응어릴 풀고 싶어 지니 말예요.

겐 씨는 인덕이 있나 봐.

미쭈꼬 씨, 괴로운 게 있으면 다 말해요. 뭐든 지요.

미쭈꼬 씨한테 들은 얘기는 아무에게도 말 안 할게요.

……
……

겐 씨, 난 사람을 둘씩이나 죽인 살인자예요.

예엣?

후후후, 놀라는 군요… 내가 사람을 죽인 악마 라니까.

농담하지 마세요~

거짓말 아니 에요. 내가 진짜 그랬 어요.

비까가 떨어진 날 엄마랑 동생을 죽였어.

뭐라구? 엄마하고 동생…

농담 아니에요. 정말로 내가 아무렇지 않게 사람을 죽였 어요. 난 살인귀예요.

하… 하지 마요. 그런 거짓말은…

132

으으윽, 악마야, 난 무서운 여자야…

딱 하나뿐인 엄마하고 동생을 태연히 죽였으니 말야…

으으으, 귓전에 울려퍼지고 있어. 비명을 지르며 죽어간 엄마하고 동생의 소리가 윙윙거려.

○○○, ○○○. 너무 괴로워—

미 미쭈꼬 씨!

으으으, 원폭이 떨어졌을 때 난 엄마 심부름으로 방공호에 물건을 찾으러 간 덕분에 비까 광선을 피할 수가 있었어요.

거친 폭풍에 휩쓸려 의식을 잃었지요.

정신이 들어 방공호에서 기어 나왔더니…

133

유령들이 내 이름을 부르더라구요. 난 당신 같은 유령들은 모른다고 화를 냈어요. 그런데

잘 보니 그게 엄마하고 동생이었어요.

열선으로 온 피부가 주르륵 늘어져서 끔찍한 모습이었죠.

그리고는 불길이 순식간에 번져오는 것을 피해 셋이서 필사적으로 도망갔어요.

엄마하고 동생의 손을 꼭 잡고 죽을 힘을 다해 달아났죠.

하지만 엄마하고 동생은 상처 때문에 걷기가 힘들다고 나더러 업어 달랬어요.

어린 몸으로 어른을 업는 건 무리였어요.

하지만 난 필사적으로 엄마를 업고 달아나려고 했죠.

도저히 안 되더라구요. 엄마를 업고서는 전혀 달아날 수가 없었어요.

이대로 있다간 나도 타죽
는다는 공포에 몸이 떨렸어
요. 거의 본능적으로 그런
느낌이 오더군요. 결국 난…

엄마하고
동생을 버
리고 도망
쳤어요.

난 무서운 여자예요…
마음속에 악마가 살아
있어. 난 살인자야.

불 속에서 엄마하고 동생이
도와달라고 소리치는 걸
들으면서도 나 몰라라
하고 달아났어요.

미
쪽
나
나
아

그 소리가
내귀에 쟁쟁
해…

아직도 날
괴롭히고
있어.

으으윽, 그때 왜 끝까지 노력을 안 했느냐고… 맨날 후회하지만… 후회하지만…

……
……

흐으흑, 난 나쁜 년이야.

미쭈꼬, 당신은 좋은 사람이야. 정말로 좋은 사람이야.

그들을 잊지 않고 생각하고 있으니깐.

너무 그렇게 자기를 책망하지 마.

그땐 어쩔 수가 없었잖아.

아빠랑 누나랑 동생을 버리고 달아났거든.

나도 미쭈꼬하고 같아. 살인자야.

그럼.

그때만 생각하면 괴로워.

정말 괴로워.

난 그 지옥을 우리한테 강요한 놈들이 미워. 너무 미워…

밉구 말구.

전쟁을 일으킨 놈들, 원폭을 떨어뜨린 놈들을 증오해.

히로시마 시가 타버린 뒤에 난 '엄마 용서해줘, 사또르 용서해줘' 하고 울면서 유골을 찾아다녔어요…

사방에 해골이 너무 많아서
어느 게 엄마나 사또르 건지
찾을 수가 없었어…

겐, 8월이 오면 그때
생각이 나서 너무
괴로워.

나도
그래.

괴로운 마음을
잊어보려고
어거지로 웃어
보지만

마음속은
괴로워서
찢어질 것만
같아.

얼른 죽는 게
낫겠다고 여겨
질 때가 있어.

미쭈꼬, 자포
자기하면 안 돼.
강해져야지.

겐, 내게
힘이 돼줘.

내게 살아갈
힘을 줘요.

그렇게. 얼마
든지 해줄게.

미쭈꼬, 나한테 뭐든 얘기해.
당신을 위해서 온힘을 다할게.

고, 고
마워.

으으으, 고마워,
고마워, 겐.

안녕, 오늘 즐거웠어. 고마워.

나도 기분 최고야. 고마워.

얏호— 난 행복한 사람이야—

만세 만세 만만세—

아니?..

모집

남자

그그그,

너어 주먹밥 아냐.

히—
히—

무… 무슨 일이야? 괴로워 보이는데, 어디 아프냐?

네가 안 돌아와서 다들 걱정하고 있어…

자아, 나랑 같이 가자.

시끄 럿.

턱

콰 당

주먹밥, 왜 그래?

히
히

5호실

오오바미찌

앗?

아니!

히— 히— 주, 주살…
빨리 놓아줘…

빠, 빨리 그 힘이 나는 주사를 놓아 줘…

그래. 주사는 얼마든지 놓아 주지.

근데 돈을 내야지…

돈 없어…

수금한 돈은 몽땅 너한테 줬잖아.

히— 히— 부탁이야. 제발 주사를…

괴, 괴로워… 괴로워 죽겠어…

흥.

네 사정은 내가 알 바 아니지.

돈도 안 내고 주사 놓아달라는 생각 아예 하지 마. 나한테 떼써봐야 소용없어.

돈을 가져오지 않으면 절대 주사를 놔주지 않는다는 걸 확실히 알아둬.

그, 그러지 말고 부탁 이야…

돈은 있다 가져올게.

당장 돈을 내지 않으면 안 돼.

크크크, 부탁이야. 주사를, 괴로워…

ㅎㅎㅎ, 더 괴로워질 거야. 넌 완전히 마약 중독에 걸린 거야…

뭐, 뭐라구? 마약…

그, 그 힘이 솟는 비타민이 마약 이란 말야?

훗, 이제 알다니, 너도 참 둔하구나.

너는 이제부터 몸에서 마약 기운이 떨어지면 미친 듯이 괴로워질 거야.

끄으 으.

마약주사를 맞아야 고통 스럽지 않을 테니.

고통에서 벗어나고 싶으면 빨리 돈을 가져와.

네… 네놈들이 나… 나를 속였구나…

흥, 이게 우리 장사 방법이지.

비, 빌어 먹을.

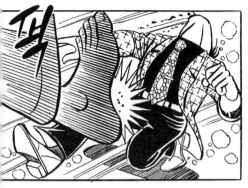

임마, 우리 한테 까불 지 마.

넌 이제 우리 손에서 빠져나가 지 못해. 마약을 얻기 위해서 우리에게 부지런히 돈을 운 반하는 로봇이 된 거야.

끄으 으.

자알 새겨둬.

아악.

내…내가 바보였어. 나도 모르게 마약 중독에 걸리다니.

으으으, 제길…

크으윽, 괴로워. 약… 주사를 놓아줘.

흐흐 흐.

어서 돈을 가져와.

고통에서 벗어나게 해줄게.

그그그, 괴로워—
괴로워— 부탁이야.
제발 주사를…

임마, 땡깡부리지 말고
빨리 돈을 가져오란
말야.

끄윽.

썩
꺼져.

쿠당탕

콰당

크크
크.

으 윽
괴로워.

야… 약을…
주사를…
놔줘…

으으윽, 모
못 견디겠어.

도저히 참을
수가 없어…

저금통장

이젠 틀렸어.

몸이 말을 안 들어.

윽윽윽, 류타… 가추코… 겐… 날 용서해줘…

이 통장에 있는 돈은 우리 양장점을 만들 때까지 절대 쓰지 않기로 맹세했지만…

오한이 심해, 주체할 수 없이 땀이 흐르고, 몸이 떨리고 저려서

눈앞이 캄캄하고. 숨이 가빠서 못 견디겠어.

마약 주사를 안 맞으면 죽을 것 같아.

이 돈을 쓸 거야…

가추코… 류타… 겐… 용서해줘—

양장점을 만들 이 귀한 돈을 날리는 날 용서해줘.

그그그— 으— 윽

여관

안마

149

하악
하악.

하악
하악.

흐으
흐으

흐—
으—

돈 준비됐어?

여기 있어!
빨리 주사나
놔줘. 빨리!

하악 하악,
빨리 놔줘…

하악
하악

어때? 주사를 맞으
니까 금방 기분이
좋아지지…?

천당에 간 기분이
들고… 효과가
확실하지…?

휴우.

흐흐흐, 우린 서로 뗄래야
뗄 수 없는 관계인 거야.
사이좋게 지내자고…

151

주먹밥이
여윈 데다
미친 것처
럼…

걱정이야,
류타.

그 자식, 잔뜩
걱정만 시키다
니… 빌어
먹을 놈.

……

……

♪라라라 랄라 라라
랄랄랄 라 라라라 라
라 라라라 라라

♪ 밝고 고운 노랫소리에~ 눈이
녹고 꽃이 피나니 푸른 산맥아 설앵
초 꽃아~ 저 하늘 끝에선 우리의
푸른 꿈이 손짓하고 있네~

뺨빠라뺨 뺨뺨빠—
제가 돌아왔습니다.

멍청~

크아하하하, 그 동안
집을 비워서 미안해.
용서해줘.

너무 미안해서 술이랑
고기랑 많이 사왔어.
실컷 먹고 마시자.

가추코, 요리를
부탁해.

형, 잘 못
본 거 아냐?

저 자식
멀쩡하잖아?

……
……

자아, 겐, 류타,
마시자.

나한테 좋은 친구가 하나 생겨서 그 애 집에서 며칠 신세졌어.

내일부터 전처럼 팔 걷어부치고 열심히 일할게.

……
……
으하하하

왜 그래? 내 얼굴을 뚫어지게 쳐다보고·· 뭐가 묻었어?

주먹밥, 너 어디 아픈 데 없어?

무, 무슨 소리야? 난 멀쩡해.

어쨌든 그런 소리 듣기 싫으니까 하지 마.

으응 그래.

좋아. 난 기뻐. 예전처럼 함께 일하며 살 수 있으니깐…

주먹밥, 앞으론 무슨 일이 있어도 나가지 마. 모두 걱정했잖아.

으응.

자아, 오늘은 주먹밥이 돌아온 걸 축하하자.

찬성, 이의 없음. 하자—

크아하하하, 먹고 마시는 것하고 노는 건 이 류타님께 맡겨두셔.

주먹밥, 우리가 무척 걱정했어.

있어야 할 사람이 없으니까 텅 빈 거 같더구나…

미안하다, 용서해 줘…

자아, 건배하자, 건배—

건배— 애.

이것은 이주모의 명물이요— 어서 가지고 돌아가시오— 이건 바로 야수끼 타령 이오— 얼씨구 절씨구

아하 하하.

조오 타.

자아, 간다.

155

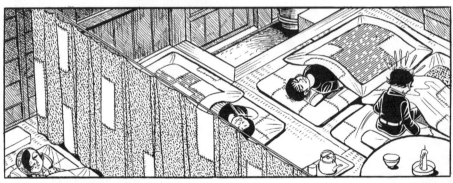

하악
하악.

하악
하악.

주먹밥, 너
무슨 짓이야?

아, 아냐, 영양제
를 맞으려고…

거짓말이지?
그 주사는
이상한 거야,
그렇지?

너하고 거리에서 만났을
때부터 이상하다고
생각했어. 특히 네 눈을
보면 말야.

그 주사는
히로뽕이지?
마약 맞지?

……
……

아, 아냐, 이건 보통 비타민제야…

임마, 거짓말 마.

무, 무슨 일이야? 밤중에 웬 소란이지?

주먹밥, 바른 대로 말해!

너어 마약이 얼마나 무서운 약인지 알기나 해!

내가 히로뽕도 모른다고 너희들이 비웃기에 창피해서

도서관에 가서 알아 봤어…

마약중독은 정신을 엉망진창으로 만들고,

미치게 하고 뼈까지 엉망으로 만들다가 끝내는 죽이고 만대.

마약은 사람만이 아니라 나라까지 망쳐먹어. 1840년부터 42년에 걸친 아편전쟁이 그 좋은 예야.

158

아편은 양귀비꽃에서 나는 마약이야…

영국이 중국 청나라를 식민지로 만들기 위해 아편을 청나라에 퍼뜨렸어.

아편중독에 걸린 많은 중국인들이 일할 의욕도 없이 빈둥거리는 통에 청나라는 엉망이 돼버렸어…

아편을 사들이기 위해 은이 대량으로 국외로 유출돼서 국가 재정이나 화폐유통이 파멸에 가까운 타격을 받은 거야.

중국은 아편을 근절하기 위해 영국하고 전쟁을 하게 됐어.

그런 무서운 마약에 네가 왜 손을 댄 거야?

이 바보야!

이런 건 두 번 다시 손대서는 안 돼!

겐, 돌려줘, 제발.

159

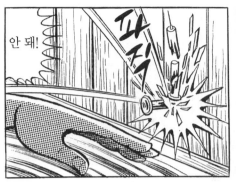

안 돼!

으아아—

이 빌어먹을 놈,
이… 이… 귀한
걸 자, 잘도…

짜아—식,
용서 못해.

시끄러.

이크.

주먹밥, 정신 차려. 두 번 다시 마약에 손대지 마.

차츰 차츰 몸이 망가져서 죽게 된단 말야!

무엇보다 너 자신을 소중히 해야 하잖아! 알겠지?

겐 말이 맞아. 주먹밥, 끊어야 돼.

임마, 누구한테 당한 거야?

말해, 내가 확실히 갚아줄 테니까.

흐흐흐, 알았나? 우리에 대해 조금이라도 발설하면 다시는 마약을 구할 수 없게 돼. 그러면 네가 얼마나 괴로워지는지 알지?

그러니까 우리에 대해서는 절대 말하면 안 돼.

…… ……

임마, 말 안 할 거야?

내가 널 아끼니까 걱정돼서 묻는 거야.

넌 비까를 맞고 나서 줄곧 같이 살아온 귀한 친구야.

그래.

내 귀한 친구를 이런 약으로 죽게 할 수는 없어!

그래!

소중한 친구가 올가미에 걸려 괴로워하는 걸 가만히 보고 있을 순 없어!

주먹밥, 정신차려.

......
......

윽윽윽, 미안해. 내가 바보였어.

미안해. 미안하다구.

지난 일을 후회해도 소용없어.

그래, 힘들어도 싸워야 해.

주먹밥, 이제부터라도 마음 단단히 먹고 마약중독을 극복하자.

아무리 힘들어도 절대 마약을 맞지 않겠다고 맹세해.

가추코, 노끈을 가져와.

어, 어쩌려고?

주먹밥이 달아나지 못하게 묶으려는 거야.

마약 독을 몸에서 완전히 빼내야 해.

금단증상 때문에 괴롭겠지만 꾹 참아.

마약하고 싸워서 이전 모습으로 돌아와줘. 부탁해, 주먹밥…

아흐, 아흐.

으아— 안 돼.
안 돼. 그만해—

도저히 못
견디겠어.

그만
해.

파악

이크.

기다려—
주먹밥!

주먹밥,
기다려—

하악 하악 하악

큰일이야,
도망쳐
버렸어.

류타, 이 일을
어쩌지?

바보같이,
주먹밥,
저 바보가!

흐으흑, 주먹밥
바보… 돌아와…
돌아와줘…

앗.

피폭자에게 암

4면 20일 사회

히로시마시 원폭 장애
자 협의회 발표에 의하면
피폭자에게 백혈병의 증
세가 급격하게 나타나고
있어 서둘러 대처 하기
로 논의 했다. 뿐만 아니
라 원폭 후유증은 용 전
신에 나타나는 성격을
띠고 있다는 발표 했다

빌어
먹을

빌어
먹을,

늦어서
미안해.

겐, 무슨 일로
화난 얼굴이야?

내가 시간을
어겨서 그래?

아, 아냐.

신문을 읽다가 비까에 살아남은 피폭자들에게 백혈병이 급격히 증가되고 있단 기사를 읽었거든…

그래서 기분이 나빠져서… 너무 열 받는다 이거야.

뻥

비까가 떨어진 지 팔년이나 지났는데도 비까 놈이 계속 우릴 괴롭히잖아.

그렇게 무시무시한 원자 폭탄을 양키놈들이 아무 거리낌도 없이 떨어뜨렸다 생각하니 화가 치밀어서…

언젠가 내 몸도 비까 방사능 독으로 파괴될 걸 생각하면…

나도 불안 해서 못 견디겠어.

……
……

겐, 나도 그래.

쓸데없는 기사를 봤어.

좀벌레 짓밟듯이 사람의 생명을 빼앗는 전쟁도 원폭도 용서할 수 없어.

겐, 난 전쟁이나 원폭으로 귀한 목숨을 앗아가는 놈들에게 도전하기 위해서 의사가 되기로 결심했어.

미쯔꼬가 의사가 된다고?

난 있는 힘을 다해서 생명을 지키는 의사가 될 거야.

생명을 가볍게 여기는 놈들하고 싸울 거야. 물러나지 않을 거야.

그래, 미쯔꼬, 꼭 의사가 돼줘.

그래, 난 해내고 말겠어.

미쯔꼬 같으면 노벨상을 받을 수도 있겠다.

겐, 믿어봐. 노벨상 정도는 서네 개도 누워서 떡먹기야.

아하하하, 꿈은 클수록 좋아~~

크아하하, 그래 맞아.

1953년 8월 12일 소련의 수소폭탄 실험 성공에 항의하자!!

여급 모집

인샹극장

미망 인상 톰

도쿄

10월 20일 로마 교황 피오 12세의 원폭 세균병 사용금지 제안 지지하자!!

투덜 투덜.

투덜 투덜.

아아~ 군시렁 군시렁~

하 하 하 하 하

텔레 비젼 방송개시!! TV2 155.000

부동산

오꼬 노미

가게

이 소린?

전기

오꼬 노미

카사브랑카

맞나 —?

역시 형이었 구나.

오오, 류타—

169

히히히, 형이— 미쭈꼬 씨하고 데이트를 하니까 내가 질투심이 생기네.

류타야, 샘내지 마. 우린 지금 미래에 대해 이야기하던 중이야.

아줌마, 메밀전 부쳐줘요~

네에, 기다려요

형, 주먹밥 녀석, 어디로 숨었을까…?

녀석이 달아난 지 벌써 한달이야. 오늘도 찾아봤지만 헛수고였어.

나도 찾아봤지만 소용없었어.

빨리 찾아내지 않으면 그 애는 죽어버릴지도 몰라.

으응.

무슨 일 있어…?

비까 맞은 이후로 우리랑 같이 살아온 친구 하나가 깡패한테 당해서 마약중독이 돼버렸어.

우리한테 소중한 친구야. 도와줘야 하는데 찾을 수가 없으니… 원…

깡패놈들이 그런 식으로 나쁜 짓을 하고 있어.

마약중독에 걸리 게 해서 돈을 등쳐먹고 있어. 용서 못해.

우리 초등학교에 가와무라 간지란 애가 있었어.

비까로 가족도 친척도 모두 죽고 혼자가 돼서 히로시마 역 앞에서 구걸을 했어. 그러다가 깡패들한테 넘어가서,

도박장 망을 보거나,

야구장에서 입장권을 받 거나 정리를 했었는데,

171

류타랑 같잖아…

……

그 애는 깡패들 총알받이가 되었어.

대립관계에 있던 조직의 간부들이 모이는 카바레에 다이너마이트를 던져 몰살시키라고…

카바레 **할렘**

성공만 하면 자기 조직의 간부를 시켜주겠다고 꼬신 거야…

그 꼬임에 넘어간 간지는 카바레에 다이너마이트를 던졌어.

성공해서 도망갈 때 들킨 거야. 수십 발의 총알을 맞아 걔 몸은 벌집이 됐어.

한번 총에서 날아간 총알은 두번 다시 돌아오지 않잖아…

간지는 살아서는 돌아오지 못할 총알받이가 된 거야.

간지가 죽고 나서 서로 싸우던 두 조직은 화해를 해서 현재는 사이좋게 지낸대.

간지는 뭐 때문에 죽었는지…

사람 목숨을 벌레처럼 여기는 폭력배들을 난 용서 못해.

더군다나 원폭고아는 죽어도 문제 삼는 혈육들이 없으니까 부리기가 쉽거든. 깡패한텐 가장 좋은 도구가 될 수밖에.

지지글—

지지글—

간지가 죽기 전에 만났는데, 그 애는 머지 않아 자기도 간부가 될 거라며 자랑했어. 그 얼굴이 생생해.

전쟁이나 원폭만 아니었다면, 간지도 지금쯤 열심히 공부해서 자기 길을 가고 있을 텐데… 불쌍해.

정말이지, 전쟁도 비까도 절대 안 돼. 죄만 짓고… 내 친척도 다섯이나 죽었단다.

남자들은 맘대로 전쟁을 일으키고 우는 건 항상 약한 여자들이야.

전쟁만 없었더라면 비까에 당하지 않았을 텐데.

정말이지, 남자들은 쓸데없는 짓만 해.

여자도 나빠요.

여자도 전쟁에 찬성하고 잘 싸우라고 협력했잖아요. 아줌마도 그중 한사람이잖아요. 약자인 척 피해자인 척하지 말아요…

뭐, 뭐라구!

아줌마도 국방부인회나 애국부인회에 들어가서 남편이나 아들에게

나라를 위해, 천황을 위해 훌륭하게 죽어서 오라고 하지 않았나요?

여자에게도 전쟁을 일으킨 책임이 있어요.

여자들도 전쟁터에서 죽는 건 바로 가문의 영광이라면서 기쁜 마음으로 깃발을 흔들었잖아요.

일본의 모든 여성들이 전쟁을 반대했다면 남자들도 함부로 하지 못했을 거야.

근데 일본은 신의 나라라서 신풍이 불어와 천황이 나라를 지켜주기 때문에 전쟁에서 이길 거라면서

그 늙다리 천황을 신격화한 엉터리 황국사관을 믿은 여자들도 대단한 바보예요…

난 전쟁을 일으킨 놈이나 찬성한 놈이나 절대 용서 못해요.

원폭으로 계속 고생하는 힘없는 사람들을 이용해 떵떵거리는 깡패놈들도 난 용서 못해.

......
......

야— 이 아가씨가 좀 전에 뭐라고 씨부렁씨부렁 입을 놀린 거야…?

내가 바로 그 깡패다. 귀가 간지러워 죽겠구먼…

깡패가 어쩌고 어째…?

깡패도 사람을 도와주고 있는 거야.

......
......

굶어 죽어가는 원폭고아들을 전쟁을 일으킨 나라가 도와줬냐? 시청이 밥 먹여줬냐?

아—무도 도와주지 않잖아?

기아로 죽어가는 많은 고아들 한테 밥 주고 도와준 건 바로 사람의 도리를 아는 깡패 아냐? 이걸 잊지 마.

살려준 게 아냐. 이용했을 뿐이야. 말은 그럴싸하군.

너, 잘난 체하지 마.

됐어요. 그만해. 이런 어린애를 상대하는 것도 민망한 일이잖아요~

……
……

형아, 미쭈꼬 씨 대단한 여자네. 놀랍네~~

흥, 대의명분만 앞세우는 놈들은 믿을 수 없어.

지글~
지글~

깡패는 하찮는 쓰레기에 지나지 않아. 큰소리 치지 맛.

이 계집애 손 좀 봐야 겠군.

이 계집
년아!

철 꺽

아아 아~ 악

뜨거 – 뜨
거 – 뜨거
워.

물 —
물 —
물

형, 도망가는 게 수야.
깡패는 집요해서
나중에 시끄러워져.

으응.

어푸 어푸

미쭈꼬, 가자.

난 나쁜 짓을 하고도 떵떵거리는 놈들을 용서할 수 없어.

미쭈꼬 심정은 알아.

하지만 바보를 상대해봤자 우리만 손해야.

박 탁

이놈들아, 섯—

크아하하, 깡패니—임, 당하셨군요~ 상대를 얕잡아봐서 당한 겁니다~ 반성하세요~ 반성…

너같이 멍청한 놈의 앞날은 뻔하다 뻔해~ 깡패세계에서 발을 빼는 게 좋겠어.

오교니미

이—씨, 두고 보자.

네—에, 두고 볼 테면 봐. 바보가 두고 보자는 데 두고 봐야지. 크아하하.

상

이야—
끝내줬
어—

나도 놀랐어.
미쭈꼬 한테 그렇게
격분하는 성격이
있다니!

으으
윽.

으으
윽.

미쭈꼬,
왜 그래?

으으으,
괜찮아…
괜찮아…

정말
이야?

요새 자주
속이 메스껍고
안 좋아.

걱정이네.
병원엔
갔어?

겐, 비까 맞은 사람들은
병원에 가는 게 끔찍한
거 알잖아.

병원 갔다가 원폭증이란 소리를 들으면, 그건 사망 선고를 받는 셈이잖아. 병원 가기 싫어.

……
……

정말이지, 너무 무시무시해. 비까 방사능은…

……
……

겐, 오늘은 이만 돌아갈게…

아, 벌써?

그럼, 바래다 줄게.

괜찮아. 아빠한테 들키면 아직은 안 되거든.

안녕

안녕.

형, 미쭈꼬 씨가 굉장했어. 저런 여자랑 결혼하면 평생 고생이야. 암탉이 울면 집안이 망한다고 하잖아.

난 미쭈꼬를 더 좋아하게 됐어…

미쭈꼬는 아주 훌륭한 여자야.

부우ー웅

끼익

ㅎ1 236

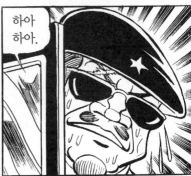

하아
하아.

오밤중에 웬
난리야.

무슨 일이야! 도둑질
해갈 건 아무 것도
없어. 안 잠겼으니까
들어와!

앗.

하아
하아.

겐, 빨리 날 따라 왓!

네엣?

형, 이 아저씨는 누구야…?

미쭈꼬 아버지야.

이 사람이 형을 해고시킨 간판회사 사장이란 말야?

하아 하아.

내게 무슨 일이세요?

잔소리 말고 빨리 따라와.

이봐, 그런 말투가 어딨어?

자기가 대통령인 줄 아나봐?

미, 미안해.

겐, 부탁이야, 빨리 나랑 같이 가줘.

대체 무슨 일이에요?

으으으, 미쭈꼬가…미쭈꼬가… 미쭈꼬가…

미쭈꼬가 어떻게 됐는데요?

으으.

미쭈꼬가, 미쭈꼬가 죽을 것 같아.

그 애가 계속 자네 이름만 부르고 있어.

네에?

바보 같은 말 말아요. 미쭈꼬가 죽을 거 같다니요…?

그런 일이 있을 리 없어. 날 놀리려고 온 거죠…?

그래. 저녁에 깡패하고도 보란 듯이 싸웠잖아.

거짓말이 아냐. 빨리 빨리 미쭈꼬가 기다리고 있어, 빨리 빨리!

미쭈꼬가 죽는다니… 미쭈꼬가…

미쭈꼬가…

아냐. 아냐. 아냐.

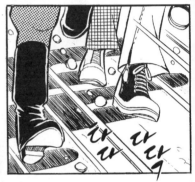

미쭈꼬,
겐이 왔어.
죽지 마!

하악
하악

아앗

앗.

으아아아.

으으윽.

최선을 다했지만 오전 3시 3분에 숨을 거두셨습니다. 명복을 빕니다.

와들 와들.

와들 와들.

주,
죽다
니…

미, 미쭈꼬가…
미쭈꼬가
죽다니…

부들
부들.

……
……

……
……

……
……

그만해. 당신들이 날
놀리는 걸 즐기는
모양인데…

관둬. 이런
농담은 하지 마.

후후후, 미쭈꼬도
연극하는 거 다 알아.
이제 그만 눈 떠.

날 놀려봐야 안 속아.
그러니까 장난
그만 해.

자아, 일어나서
웃어봐. 미쭈꼬.

제발 부탁이야.
눈을 뜨고 빨리
일어나.

자아,
일어나!
미쭈꼬!

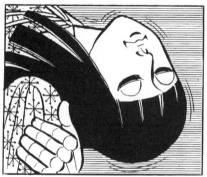

으아—악, 미 미쭈꼬
몸이 얼음 같아.
얼음같이 차가워!

누가 빨리
난로를 가져와!

으아—악,
미쭈꼬가 숨을
쉬지 않아,
숨을…

시, 심장도
안 움직여.

움직
이지
않아.

아냐. 아냐.
있을 수 없어.
이건 거짓이야.

네 심정은 알겠다만
죽음만큼은 어쩔
수가 없어.

으아
아아.

야, 이 녀석아, 왜 죽은 거야?

넌 하나밖에 없는 내 혈육이야. 그런데 죽다니~~

날 혼자 두고 가지 마— 미쭈꼬— 돌아와—

믿을 수가 없어. 이렇게 갑자기 죽다니. 내 목숨보다 소중한 내 딸이 죽다니.

믿을 수 없어~

의사 선생, 원인이 뭐요? 병명이 대체 뭐냐구?

한마디로 단정하기에는 좀…

미쭈꼬는 저녁에 목욕하러 들어갔다가 갑자기 피를 토하고 쓰러졌어.

엄청 많은 피를 토하는데 도무지 멈추질 않았어.

어떤 방법으로도 출혈이 멎지 않았어.

난 이웃사람을 불러다 미쭈꼬를 부탁하고

명의로 소문난 선생님을 모셔온 거야.

그 명의가 원인도 모르고 병명도 몰라? 내 딸이 죽는 걸 수수방관하고 있었어?

난 용서 못 해!

그러지 마시고 좀 침착하세요.

따님은 원폭을 맞았다고 얘기 들었습니다만,

그게 어째서?

원폭 방사능은 원인 불명의 여러 가지 병을 만들어냅니다.

우리 의사들도 어쩔 도리가 없습니다.

급작스럽게 원인 불명의 병으로 사망하는 분들이 수도 없습니다.

굳이 따님의 병명을 대라면 급성백혈병이라고 할 수 있습니다. 말하자면 혈액암입니다.

그런 건 아무래도 괜찮아. 내 딸만 살려내—

……
……

선생님, 제발 부탁입니다. 미쯔꼬를 살려줘요. 제발 부탁합니다.

난 미쯔꼬가 결혼해서 손자 볼 낙에 살고 있어요…

선생님, 안 된
단 말이오?
안 되는 거냐
구요?

……
……

으으으, 미쭈꼬,
넌 아직 죽을 때
가 아니야.

노인이 먼저 가야지,
젊은 네가 왜 먼저
간단 말이냐~
으으윽.

흐으
흑.

흐으흑, 미쭈
꼬, 미쭈꼬.

이 자식,
겐…

네가 미쭈꼬하고 만나
면서 정신적으로 괴롭
혔기 때문에 이렇게
된 거야.

미쭈꼬가 고민하는
모습을 보고 내가
걱정했더니만,

미쭈꼬가 너랑 만나는
게 괴로워서 죽게
된 거야—

시끄럿, 겐, 다 네놈 탓이야!

바보처럼 뭘 모르는 소리 마.

미쭈꼬는 형하고 있을 때 제일 행복해했어. 근데 도리어 생트집을 잡아?

미쭈꼬가 널 그렇게 부른 것도

너 때문에 맺힌 한을 말하고 싶었던 거야. 그래, 그거야.

이 똥할방이 미쳤군. 말이 안 통해.

형, 가자 가.

누구 맘대로 가?

내 귀한 딸을 괴롭히고서…!

이 빌어먹을 놈아!

이제 자기 잘못을 좀 알란 말야!

당신이 전쟁을 찬양하고,

원폭 한두 개쯤 맞아도 일본은 전쟁에 지지 않는다고 떠들어댔잖아!

원폭이 얼마나 무서운지 좀 보란 말야! 원폭의 정체를 보라구!

원폭이 떨어진 지 팔년이나 지났는데도 소중한 나의 미쭈꼬 목숨을 갑자기 앗아갔단 말야!

당신 같은 직업군인이 전쟁을 대환영하고 전쟁을 해서 원폭이 투하된 것 아냐?

당신들은 제 신상에 불행이 닥치지 않고선 전쟁이나 원폭의 참혹성을 깨닫지 못하는 등신이란 말이야.

미쭈꼬의 죽음을 똑똑히 받아들이란 말야. 빌어먹을.

전쟁을 찬양하는 짓거리는 두 번 다시 하지 말란 말야!

이 바보 얼간아!

제길 바보야ㅡ

어, 혀엉.

197

으으윽, 의사가 돼서 한 명이라도 많은 목숨을 살리겠다던 미쭈꼬가 이렇게 갑자기 죽다니…

세상이 왜 이 모양인 거야. 원망스러워.

류타, 어째서 나한테 소중한 사람들은 한명씩 곁을 떠나갈까?

내게 액운이나 귀신이 씌인 걸까?

아냐, 형, 비까가 원인이야. 원폭이…

형, 정말로 전쟁을 일으킨 놈들하고 비까를 떨어뜨린 놈들을 다 죽이고 싶어…

류타, 미안하지만 먼저 돌아가.

으응, 하지만 형이 걱정돼서…

괜찮아, 먼저 가.

정말 먼저 가도 괜찮겠어? 형이 걱정되는데…

류타,
가라면
가라니까!

히익.

깜짝이야— 그런
걸로 화까지 낼
필요는 없잖아.

그럼, 난
먼저 갈게.

형, 빨리
돌아와. 기다
릴게.

......

산골 목장에 저녁
노을이 짙어
가는데— 홀로
나는 기러기 한
마리~~

우
우
야
야
으
으

깜짝.

그랬구나. 내가 있으면 창피해서 울지도 못하니까 나 먼저 가라고…

형, 울어. 실컷 울어. 눈물이 마를 때까지 울어. 그리고 기운 내…

형, 기다릴게.

우와─앙. 미쭈꼬. 미쭈꼬. 미쭈꼬.

우와─앙.
우와─앙.
우와─앙.

미쭈꼬, 왜 죽은 거야─ 난 너무 슬퍼─ 괴로워─

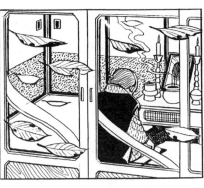

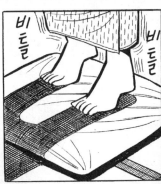

202

제발, 제가 죽어도 슬퍼하지 마세요. 슬픔을 노여움으로 바꿔주세요. 전쟁을 일으키고 원폭을 떨어뜨려 절 원폭증에 걸리게 만든 놈들에게 분노의 목소리를 비수처럼 던져주세요.

아빠, 제발 전쟁을 찬양하는 일은 삼가 해주세요. 저는 그게 참을 수 없어요⋯ 아빠가 전쟁을 즐기거나 기뻐하는 모습은⋯

괴로운 나날이었지만 나카오카 겐을 만나서 전 행복했어요. 겐에게 무척 감사하고 있어요.

아빠도 그이에게 제발 고맙다고 말해주세요. 부탁해요.

아빠, 괴로운 마음을 숨기고 항상 밝은 모습을 보이는 것도 이제 지쳤어요. 푹 자고 싶어요. 아빠, 안녕히 계세요.

ㅇㅇㅇㅇㅇ, 미쭈꼬, 넌 정말 착한 애였어. 정말 속이 깊은 애였어…

나한테 걱정시키지 않으려고 괴로웠겠구나…

네 괴로움을 눈치도 못 채고 난 정말 바보야…

난 부끄럽구나, 정말 부끄러워…

으으윽, 몹쓸 비까놈아, 네놈이 이렇게 착한 내 딸 목숨을 앗아갔단 말이냐…

난 용서 못해. 이제 원폭은 절대 용서 안 해.

비까동은 용서 안 해.

으으으, 미쭈꼬— 미쭈꼬— 미쭈꼬—

난 바보였어. 바보였어.

앗?

......
......

뭐야? 아직도 우리 형한테 할 말이 있어?

아 아냐, 사과 하러 왔단다. 겐을 만나고 싶구나…

형은 밤새 미친 듯이 미쭈꼬 씨 초상화를 그리고 있어.

미쭈꼬 초상화를…

오죽 미쭈꼬 씨가 잊혀지지 않으면…

난 형이 불쌍해서 죽겠어.

형, 미쭈꼬 씨의 아버지가 왔어.

겐.

겐, 미안하네. 미쭈꼬가 나한테 가르쳐주었어. 날 용서해주게.

미쭈꼬가 유서에 자네한테 나더러 고맙다는 말을 해달라고 했네.

미쭈꼬한테 즐거운 추억을 만들어 줘서 고맙네.

진심으로 하는 말일세.

자네를 못살게 굴어서 정말 미안했네. 용서해주게.

이젠 됐어요…

난 내게 소중한 사람들이 죽는 걸 수없이 보면서 오늘날까지 살아왔어요.

그들의 죽음이 헛되지 않도록 열심히 살 거예요.

미쭈꼬 몫까지 열심히 살아야죠.

아앗?

대, 대단해. 미쭈꼬가 살아난 것 같구나.

겐, 넌 진짜 일류 화가가 될 거야.

당연하죠, 형은 일본 아니 세계 최고의 화가가 될 거예요.

이, 이걸 나한테…

미쭈꼬는 내 가슴속에 살아 있으니 얼마든지 그릴 수 있어요.

앞으로도 많이 그릴 거예요.

고, 고맙다. 겐…

겐, 이 그림을 소중히 간직할 거야…

아주 좋구나.

……

고맙다. 진짜 고마워.

……
……

209

이봐요— 아저씨, 다시는 군복을 입고 전쟁을 찬양하지 말아요—

나이값하지 못하는 어른처럼 굴지 말라구요—

크아하하하, 속이 후련하게 말했다—

……
……

미쭈꼬, 내게 즐거운 추억을 많이 남겨줘서 고마워.

내 평생동안 가슴 속에 간직하고 살아 갈게. 진짜 고마워.

안 된다구.
안 돼. 몇 번씩
말해야 알아
들어요!

진짜 딱한
사람이네.

ㅇㅇㅇ, 제
발, 돈을…
돈을…

이것 좀
잘 보라
구요.

당신 저금은
이제 한푼도
없어요.

이 통장으론 찾을
돈이 없어요!

당신 저금은 완전히
제로예요. 알겠어
요?

ㅇㅇ
으.
포

ㅇㅇㅇ, 그러
면 돈을 빌려
주세요.

안 돼요. 여긴
돈을 빌려주는
데가 아니에요.

제발
부탁
이야.

어떤 일이 있어도
난 돈이 필요해.
부탁이야…
제발…

이렇게 빌어요. 부탁이야… 제발… 돈을 빌려주세요. 부탁이에요.

국장님, 어떻게 하면 좋아요~

당신, 빨랑 돌아가지 않으면 경찰을 부를 테다.

으으으, 안 돼요…? 정말 안 돼요…

좋게 말할 때 가지 않으면 정말로 경찰을 부를 테다.

으으.

으으으, 안 되겠구나… 안 되겠구나…

괴 괴로워… 약이 필요해… 빨리 주살 맞아야 해…

마약 살 돈이 있어야…

마약을 줘 돈을 줘. 마약이 필요해 돈이 필요해. 으으으, 괴로워… 힘들어…

컹컹

멍 멍이!

212

하아 하아,
크으— 크으—

이제 못
견디겠어…
못 참겠어…

하악
하악.

약은?
마약은 어
디 있지…

어디다 숨겨
놓았지?

제길, 제길, 마약은 도대체 어디 있는 거야?

으으으, 빨리 마약을 맞지 않으면 미칠 거야…

으으으, 괴로워. 살려줘.

마약은 어딨지?

어디다 숨겨놓은 거지…?

아하하하, 즐거웠어…

후후후, 방에서 계속 마시자구. 오늘은 실컷 즐기자.

여관

룰루 랄라 룰루 라…

으잉, 누가 있군.

앗.

임마, 멋대로 남의 방에 들어와서 뭐 하는 거야!

으으으, 부탁이야. 약을… 마약을 줘…

흥, 도둑고양이처럼 약을 훔치러 왔어?

돈을 가져오면 얼마든지 약을 주겠다고 했잖아.

돈은 가져 왔어? 돈은…

어, 없어. 약을 사는 데 몽땅 써버렸어…

부탁이야. 나중에 일해서 갚을게. 약부터 줘. 부탁이야. 제발.

부탁해. 부탁해.

이 자식이 진드기처럼 매달리잖아!

엉뚱한 생각 못하게 확실하게 가르쳐 줘.

남의 방에 멋대로 들어와서 도둑질을 하다니, 가만 두면 안 돼.

돈없는 놈은 얼씬거리지 말란 말야. 빨리 꺼져!

꾸ㅓ억

끄윽.

그렇구 말구.

빌어 먹을 놈아.

빠ㅓ악

쿠웅

아악

으그그,

자식, 두 번 다시 도둑질 못하게 혼내줘야지.

그래. 확실히 가르쳐 줘야 해.

또 이딴 짓
할 거야?

맙소사, 피를 토해내다
니! 방이 더러워졌잖아.

이 나쁜
놈.

이봐, 깨끗하게
청소해놓고 나
가!

이제부터 두 번 다시 약을 훔칠 생각은 아예 하지도 마. 알겠어?

얼른 일어나!

요놈이 좀 이상해. 내장이 터졌나 봐.

뭐어?

그냥 두면 죽겠는데?

무, 무슨 소리야. 여기선 안 돼.

당신 빨리 이 녀석을 버리고 와.

흐음...

경찰에서도 마약중독자가 발광해서 죽은 거라고 보고 조사는 안 할 거야.

지금 아무도
없어요.

ㅎㅎㅎㅎ, 잘 가거라~
덕분에 많이 벌었어.
고마워… 안녕…

자아, 가자. 이제
다른 얼간이를 잡아
보자구.

ㅎㅎ
ㅎ.

난 저 녀석 덕분에
대장한테서 칭찬
들었어…

당신도 빨리
조직의 간부
가 되어야죠.

으으, 난 이 대로 죽을 순 없어…

모두에게 사과하지 않고선 난… 죽고 싶어도 못 죽어…

하악 하악. 류 류타, 미 미안해.

끄으으, 가추코, 미… 미안해.

하악 하악, 게 겐… 요, 용서해줘.

어휴~ 시끄러워. 오늘따라 개들이 왜 저래?

그러게 말야.

바보새끼들아─ 아무리 짖어대도 밥 안 줘.

엇?

앗?

아니?

주, 주먹밥, 대체 무슨 일 있었어?

허억… 허억…

뭐, 뭐라고? 마돈나에서 일하는 깡패들에게 당했다구?

놈들이 있는 여관에 마약을 훔치러 들어갔다가 이렇게 됐다구…

하악 하악.

겐… 류타… 가추코… 미안해. 미안해… 미안해…

귀중한… 귀중한 돈을… 양장점을 장만할 귀중한 돈을 몽땅 써버렸어. 날 용서해줘…

정말 미안해… 어떻게 사과하면 좋을지.

이렇게 미쳐버린 날 용서해줘.

바, 바보 같이…

임마, 이렇게 될 때까지 왜 숨기고 있었어…?

주먹밥, 이 바보야! 왜 일찍 우리한테 와서 의논하지 않은 거야!

하아 하아… 피땀흘려 모은 양장점 자금에 손을 대서…

도저히 너희들 볼 면목이 없어서 못 왔어…

멍청아, 그런 바보 같은 말이 어딨어!

돈은 있다가도 없고 없다가도 생기는 거야. 돈이야 일하면 또 모을 수도 있는 거란 말야!

하지만 사람은 그렇지 않잖아! 이 바보야!

미안해, 미안해, 미안해.

넌 우리의 소중한 친구야. 돈은 별거 아니란 말야!

그래, 주먹밥.

주먹밥,
겐 말이 옳아.
자아, 힘내.

이제 처음부터 다시 시작
하면 돼. 돈은 더 열심히
일하면 얼마든지…

고마워…
모두 그렇게
말해줘서
고마워…

하악 하악, 난 진짜
좋은 친구들이 있어서
행복해.

고마워,
고마워.

하아… 하아… 난 이제
마음 놓고 죽을 수
있어…

주먹밥, 그런
말 하지 마!

주먹밥,
정신차렷!

하아…
하아…
고…

하아…하
아… 고…

하아… 하
아… 마…

하아…
하아…
워…

주먹
밥.

주먹밥! 주먹밥! 주먹밥!

우와——앙, 주먹밥—
안 돼— 안 돼—
죽지 마—

……

으으으, 어째서… 어째서…
우리 소중한 친구가 이렇게 불행하게
죽게 된 거야! 안 돼— 안 돼—

으으윽,
주먹밥..
주먹밥..

빌어먹을, 우리
주먹밥을 죽게
하다니!

이 새끼들, 용서 못해. 비까로 외톨이가 되어서 같이 살아온 소중한 내 친구를 이렇게 죽이다니.

죽여버리겠어. 주먹밥의 복수를 할 테다.

류타, 나랑 같이 가서 그 더러운 놈들을 해치우자.

그 깡패새 끼들 절대 용서 못해!

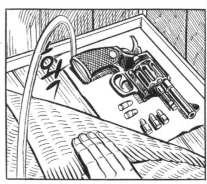

주먹밥, 네 녀석의 억울함은 내가 풀어줄게.

주먹밥, 나도 그 깡패 새끼들을 확실히 쓸어 버리겠어.

……
……

으그 그그.

226

류타, 무슨 짓이야!

……
……

형은 따라나서지 마. 형 손까지 더럽히면 안 돼…

그건 나 혼자면 충분해. 난 벌써 깡패를 둘씩이나 죽였으니까…

형은 보란 듯이 당당하게 살아야 해.

형 인생이 그 인간쓰레기들 때문에 망가져선 안 돼.

가추코, 뒷일 부탁해.

류타, 기다려—

류타, 쓸데없는 일 하지 마.

반대로 당하면 어쩌려고 그래? 가지 마— 가지 마—

류타— 안 돼— 돌아와— 류타— 류타—

오늘은 영 손님이 안 오네.

불경기야…

덜컥

어서 오세요.

……
……

잘 오셨네요. 오늘은 제가 특별 서비스 할게요…

……
……

오늘은 화끈 하게 놀아 봐요.

뭘로 드릴까 요?

그건…

목숨으로 줘…

목숨… 흥, 까불 지 맛.

너 같이 하찮은 놈의 목숨 받아봤댔자 가치도 없을 거지만… 받아주지. 각오해.

이 자식 이…

자식, 놀고 있네. 얻어맞고 싶어서 왔나?

칠 수 있으면 쳐봐.

앗?

229

끅.

크크
크.

네놈들이 우리 주먹밥을
못살게 괴롭혔지? 그 고통을
그대로 갚아주마.

으그
그그.

그… 그만,
그, 그만해.
그만해.

그, 그
만…

까악.

움직
이지
맛!

이 더러운 년, 한발이라도 움직
이면 머리통이 하늘로 날아갈
거야. 떠들지 말고 가만히
있어…

와들
와들.

날 얕보면 큰코다쳐. 알겠지?

잘못… 잘못했어.

네 말은 뭐든 들어줄게. 목숨만은 살려줘…

임마, 깡패란 놈이 목숨을 구걸하냐?

깡패는 목숨걸고 하는 거 아냐? 언제든 죽을 각오가 되어 있을 텐데…

미찌, 빨리 경찰을 불러. 경찰을.

칫, 이것들이 사람 웃기네. 경찰더러 사기꾼을 지켜 달라고 하겠다고?

네놈 같은 인간쓰레기는 인권이니 경찰이니 할 자격도 없어.

네놈들에게 있는 건 오직 죽음뿐 이야…

히— 익.

231

흐윽— 쏘지
마— 제발—
쏘지 마—

......
......

부, 부탁이야. 뭐, 뭐
든 할게. 나… 날
살려줘…

날 용서해
줘.

양손을 카
운터 위에
올려놔.

와들
와들.

으으으,
어쩌려고
요?

이러려구.

끄아아아—
아아아—
아아아—

오오, 아파?
아프니? 그
통증을 확실히
기억해둬.

손에 난 구멍을 볼 때마다 네가
무슨 짓거리를 해서 주먹밥을
죽였는지 생각나게 될 거야.

끄아— 아파—
아파— 아파—

아직은 너희들을
용서할 수 없어.

흐윽—
흐윽—

두목님, 나오시죠.

냐아―옹 냐아―옹.

오오, 예쁜이 가 춥구나, 미안하다.

......

미찌, 왜 그렇게 떨고 있어? 추워?

미찌, 마약을 왕창 인수 하겠다는 사람이 기다린다고 전화했던데, 그 사람 어디 있어?

오오냐, 잘 와 줬네. 내가 그 사람이야.

뭐야, 꼬맹이 가…

너냐? 마약으로 돈을 긁어모은다는 놈이? 생긴 것도 더럽게 생겼군.

네놈이 사람의 생피를 빨아 돈을 긁어모았 다며?

근데 그것도 끝났 으니까 각오해.

이놈이 무슨 소릴 지껄이는 거야?

야, 마약 두목, 저 카운터 안을 쳐다봐…

와들 와들.

히익.

똘마니가 죽었는데 두목이 살아남으면 불공평하잖아.

공평하게 나눠가져야지. 두목한테도 죽음을 배급 해줘야 한단 말이야.

민주주의 세상이니 말야. 평등하게 나눠야지.

으— 으—

임마, 지옥에 떨어지 거든 네놈이 저지른 일을 깊이 반성해.

우리 주먹 밥을 잘도 죽였겠다.

죽엇.

따 — 앙

꾹.

사람 살려—
도와줘— 살인
이야— 살인—

누가 빨리
경찰을 불
러줘요—

오늘따라 경찰차
사이렌이 요란하네.
류타가 무사해야 할
텐데…

메롱 이야.

깜짝 이야.

크아하하, 가추코, 날 봐. 멀쩡 하지?

류, 류타.

임마, 날 때려서 기절시켜놓고 말야.

크아하하, 미안 미안. 용서해 형.

······

······

주먹밥, 널 이 모양으로 만든 놈을 죽였어.

안심하고 푹 쉬어···

형, 가추코, 나 갈게. 난 여기서 굿바이 해야겠어.

무, 무슨 말이야?

난 경찰에 자수할래. 살인죄니까

아마 몇십년은 살아야 할 거야. 모두 잘 있어.

239

형, 가추코, 신세 많았어. 나도 헤어지기 싫지만… 난 갈게. 경찰한테 자수할 거야.

……
……

싫어. 싫어. 싫어. 류타가 경찰에 가다니 난 싫어.

싫어. 류타가 형무소로 가는 건 싫어.

난 류타하고 헤어질 수 없어. 절대 안 떨어질 거야—

난 류타랑 같이라면 지옥까지라도 따라갈 거야.

으윽윽, 안돼. 안돼.

가추코, 그건 무리야. 난 틀림없이 경찰에 잡힐 거야.

너랑 헤어지기 싫어.

그래, 류타, 됴쿄로 가자.

됴쿄는 사람이 많다잖아? 그 안에 숨어버리면 찾기가 쉽지 않을 거야.

류타, 빨리 가자.

가, 가추코.

류타, 네가 날 아내로 맞을 거라고 했지?

그땐 정말 기뻤어.

사랑하는 류타를 형무소 같은 곳에 보낼 수 없어.

살인죄로 형무소에서 평생 있어야 할 놈들은 일본에 수두룩해.

누, 누구?

우선 최고 살인자는 천황이잖아.

그놈 명령 하나로 얼마나 많은 일본사람과 아시아 사람들이 희생됐어?

명령만 하고 자기들은 언제나 안전한 곳에서 떵떵거리며 산 도오쿄오 내각의 장관이나 공무원들도 마찬가지야.

전쟁은 반드시 이길 거라고 호언장담하며 전쟁을 일으킨 육해군의 등신 같은 군인 간부들도 모두 대살인자들이야.

정의를 위해서 일본은 악귀인 미국과 영국을 때려부수는 전쟁을 일으킨 거라고 거짓말을 퍼뜨렸어.

정의의 탈을 쓰고 전쟁에서 돈벌이 한 놈들도 모조리 형무소에 집어넣어야 해. 정의라는 말만큼 무서운 말은 세상에 없어.

전쟁의 희생자인 류타가 형무소에 들어간다는 건 말도 안 돼.

먼저 천황이 들어가야 해. 그러지 않으면 난 용납할 수 없어.

그래 맞아. 류타는 전쟁 때문에 살인자가 돼버린 거야.

전쟁을 일으킨 놈들이 떵떵거리며 사는 건 진짜 불공평해.

일본인의 손으로 천황을 비롯해서 전쟁을 지휘한 놈들을 재판해야 해.

정말이지 일본인은 속도 없는 민족이야. 그런 못된 놈들을 용서하고 있으니 말야.

그래, 나도 이가 뿌득뿌득 갈려.

가족을 다 잃고 졸지에 원폭고아가 돼서…

만약 히로시마와 나가사키에 떨어진 원폭의 파괴력이나 참상이 없었다면 천황이나 전쟁지도자들은 못 이길 걸 뻔히 알면서도 계속 전쟁을 했을 거야…

병사들은 마지막 한사람까지 천황을 위해 싸우다 개죽음 당했을 게 뻔해… 원폭이 아니었다면 일본은 망하고 말았을 거야.

원폭의 파괴력과 참상이 천황이나 지도자들을 공포에 떨게 하고.

자기들도 원폭으로 죽으면 끝장이라 부랴부랴 무조건 항복한다는 포츠담 선언을 받아들이고 전쟁은 막을 내린 거야.

전쟁을 그치게 한 건 히로시마나 나가사키의 30만 명 이상의 희생자들하고 살아 남은 37만 명의 피폭자들이야…

일본인은 히로시마, 나가사키의 희생에 감사해야지. 안심하고 잠잘 수 있는 세상에 살아남은 거니까.

아냐, 전세계 사람들도 감사해야 돼. 핵무기가 얼마나 무서운 건가 알게 됐으니까.

지구를 멸망시킬 핵전쟁을 막고 있으니까 말야.

하지만 미국이 정의를 내세워 다시 원폭을 쓸지도 몰라.

두 번 다시 못 쓰도록 하기 위해서도 넌 살아남아야 해. 할 일이 많아.

어떤 할 일?

넌 원폭의 참상을 호소할 수 있는 귀중한 증언자야. 전세계 사람들을 가르칠 수 있는 증언자…

천황보다 훨씬 쓸모가 있어.

크아하하, 그으래, 내가 천황보다 위대하단 말이지?

널 형무소에 가둬놓는 건 너무 아까워. 당당하게 도망가.

크아하하, 그래 그래.

당당하게 도망가도 되는 거지…

좋아, 결정했다. 도망가기로.

바보건달 땜에 형무소에서 사는 건 더 바보야.

류타, 나도 같이 갈래.

끝까지 따라 갈 거야.

가, 가추코.

같이 갈 거지? 류타…?

가추코, 나랑 같이 가면 후회하게 될 거야.

절대 후회 안 해. 난 류타가 좋아. 지옥에라도 따라갈래!

가… 가추코, 고맙다. 난 너무 기뻐.

도망갈 거면 빨리 해. 경찰이 비상을 내리면 히로시마에서 빠져나가기 힘들어.

으응.

우리 저금은 없어졌지만 괜찮아. 여기 봐, 내가 저금 해놨어. 이걸로 당분간은 괜찮을 거야.

대단하네. 가추코…

도망가자. 가추코, 이제부터 우린 언제까지나 함께 살자.

으응.

치지지지직

형, 이제 됐어.
여기서 우리
작별하자.

으응,
알았어.

혀형.

류타, 잘
가… 잘
살아야
해…

겐… 너도
잘 있어…

가, 가
추코…

안녕—
형—

겐~

흐으
흑.

246

류타― 잘 가―

안녕― 가추코―

약해지면 안 돼. 어떤 일이 있어도 살아야 해.

끝까지― 끝까지― 살아남아야 해―

혀어―엉, 안녕은 안경, 안경은 유리 유리는 네모

네모는 두부, 두부는 하얘, 하얀 건 토끼, 토끼는 뛴다.

뛰는 건 개구리, 개구리는 파래,

파란 건 바나나, 바나나는 벗겨져…

형, 안녀―엉.

겐, 잘 있어…

잘 가― 류타― 잘 가― 가추코―

247

......
......

주먹밥, 너도 외로워하지 마.

우리 집 묘에 넣어줄게… 좋지?

여~엉

겐, 요새 얼굴 보기 힘든데 그림공부는 하니?

그… 그게…

그 건?

또 소중한 친구가 떠나갔어요.

모두 제 곁을 떠나갔어요.

전 너무 슬퍼서 못 견디겠어요.

......
......

세이가 아저씨, 전 지금 아무 것도 할 마음이 안 나요.

아무 것도 하고 싶지 않아요. 너무 힘들어요.

......
......

넌 아무리 돈을 줘도 살 수 없는 젊음이란 보물을 가지고 있잖아. 그런데 그런 약한 소리 하면 어떡해? 힘내!

보물?

그래. 젊다는 건 굉장히 소중한 보물이야.

젊단 건 그 어떤 모험에도 도전할 수 있고

어떤 일이든 실현할 수 있는 힘이 있다는 거야.

그 젊음을 소중히 해야 하지 않겠니?

겐, 어떤 일이든 도전해봐.

......
......

너 됴쿄에 가는 게 어떻겠니?

도쿄?

그래, 도쿄는 전국에서 재능을 가진 사람들이 모여서 서로 경쟁하는 곳이야.

자신의 미래에 힘껏 도전하는 거야.

그래서 세계로 통하는 큰 인간이 돼봐…

화가들도 재능있는 사람들이 많이 모여 있지. 그런 사람들 속에서 공부해야 수준이 높아져.

너도 도쿄로 나가서 그 젊음을 발산해봐.

도쿄라!

내 미래에 도전한다—?

그래, 이곳 히로시마에서 갇혀 있지 말고 언제든지 떠나거라.

도쿄… 재능을 가진 사람들이 모이는 곳…

어쩐지 도쿄에서 맘껏 자신을 시험해보고 싶네요.

후후후, 좋은 일이야.

겐, 도쿄로 가서 젊음을 한껏 꽃피워봐.

그래요, 저에겐 젊음이 있어요. 이렇게 홀쩍거릴 때가 아니에요.

그래, 난 도쿄를 휘저어야지.

힘껏 도전할 거야.

겐, 도쿄에 있는 모든 것에 도전해봐. 그게 산 공부가 될 거야. 너를 크게 만들어줄 거야.

네에. 저 할래요.

나도 류타랑 같이 도쿄로 갔으면 좋았을 걸.

야― 류타― 가추코, 나도 됴쿄로 간다― 기다려―

류타는 무사히 도쿄로 갔을까…?

경찰한테 잡히면 안 되는데… 걱정이군.

……
……

덜컹

덜컹

히로 시마 ◀▶ 도 쿄

가추코,
안 추워?

너하고 있으
니까 전혀
안 추워.

너랑 있으면 몸도
마음도 따뜻해져.

그래, 나도
따뜻해서
좋아.

류타, 도쿄에 가면 난
열심히 일할 거야.

가추코,
나도…

후후
후.

덜컹

호호
호.

히로 시마 ◀▶ 도 쿄

덜컹

덜컹

히로 시마 ◀▶ 도 쿄

겐, 잘 가거라.

형아, 안녕.

덜컹

……
……

겐, 몸조심 하거라.

사장님, 고맙습니다. 이렇게 큰 여비를 마련해주셔서… 소중하게 쓰겠습니다.

미쭈꼬하고의 추억을 소중히 간직할게요.

그래, 고맙다. 고마워.

여러분, 안녕히 계십시오.

덜컹 덜컹

덜컹

고맙습니다. 감사합니다.

안녕— 형아—

겐, 힘내—

겐, 잘 가—

덜컹 덜컹 덜컹

안녕히 계세요—

안녕, 히로시마 거리야.

안녕, 히로시마 산들아.

안녕 히로시마 강들아.

안녕, 히로시마 사람들아.

안녕, 날 키워준 히로시마 하늘, 히로시마 대지…

난 내 자신의 미래에 도전할 거야.

힘껏 싸울 거야. 좌절하지 않아. 절대 쓰러지지 않을 거라구!

빠아아앙

오오, 보리를 밟아주는구나.

겐, 보리는 추운 겨울에 싹을 틔우고 몇번이고 몇번이고 밟히고 밟혀 억센 뿌리를 대지에 내린단다. 그리고 하늘로 치솟아 씩씩하게 자라서는 이윽고 풍요한 이삭을 맺는단다… 너도 보리처럼 억세게 자라야 한다.

밟혀도 밟혀도 굳세게 자라는 보리가 돼야 해.

아빠, 알아요.

전 튼튼한 보리가 될 게요.

어떤 어려움이 닥쳐와도 절대 물러서지 않을 거야— 어떤 괴로움이든 내겐 어림도 없어—

늠름하고 씩씩하게 살아갈 거야.